편의점
가는 기분

차 례

프롤로그

수지를 마지막으로 본 날이었다.

낮에 수지한테 갔었다. 과자 몇 봉지를 배달해 준다고 외할머니가 잔소리 좀 했지만 나는 서둘렀다. 그건 수지가 나를 보자는 신호였다.

초인종도 없는 삼호 연립 지하층의 102호 문을 두드리자, 수지가 고개를 내밀고 봉투 먼저 받아 들면서 말했다.

"이따 나 좀 태우러 와."

"그래."

"꼭 와야 돼."

"언제는 약속 어긴 적 있냐?"

"하여간."

탕. 문이 닫히고 나서도 녹이 바스러지는 철문 모서리를 한참 내려다보다가 계단을 올라왔다. 수지가 먼저 밤바람을 쐬자고 한 건 오랜만이었다. 저녁에 마트 정리도 서둘러 마치고 자정이 되기를 기다렸다.

틱.

톡.

틱.

내 방 침대에 누워 손전등을 천장에 대고 켰다 껐다 하면서 시간을 죽였다. 수지를 태우러 가는 시간은 말하지 않아도 자정이었다. 흡혈귀도 아닌데 꼭 밤에만 나다니는 수지. 처음엔 환한 낮에 절룩거리며 다니는 게 싫어서 그런 줄 알았지만 어느 순간부터 아니란 걸 알게 됐다. '다리병신'이 아니었어도 수지는 그랬을 거다.

톡.

건전지가 다 됐는지 손전등에 불이 들어오지 않았다.

일어나서 마트로 나갔다. 마트엔 물건이 별로 없었다. 구질구질한 창고나 마찬가지였다. 마트는 곧 접을 예정이었다. 한 주 뒤면 신지구의 새로 지어진 원룸가에서 편의점을 시작할 거였다. 손전등에 건전지를 갈아 끼우고 뒷문으로 나갔다.

주류 박스들 곁에 얌전히 서 있는 스쿠터를 보니 자정까지 기다리지 못할 것 같았다. 수지를 태우러 가기 전에 한 바퀴 돌 생각으로 시동을 걸었다.

부앙——

마트를 빠져나와 검은 골목을 내달리다 보면 사거리 입구에 마계 건물이 버티고 서 있는 게 보인다.

저놈의 것 때문에.

저 마계 건물을 경계로 새로 생긴 신지구와 허름한 구지구가 나뉜다. 지금은 아파트 단지와 상가 건물들이 들어서 있지만, 십 년 전만 해도 신지구는 농지와 야산뿐이었다. 구지구도 원래부터 구지구는 아니었다. 신지구가 들어서는 통에 구지구가 되어 버렸다.

저놈의 것이 운을 막고 서서.

벌써 십 년도 넘게 부직포를 뒤집어쓴 채 버티고 서 있는 마계 건물을 두고 구지구 사람들이 하는 말이다. 짓다 말고 부도나서 흉물스럽게 방치해 둔 건물. 열 명도 넘는 투자자가 서로 얽혀 싸운다는 건물이니 마계라고 불려도 할 말 없을 것이다.

한바탕 돌고 나서 삼호 연립 마당을 찾아 들어갔다. 시멘트가 여기저기 움푹 파인 구질구질한 삼호 연립 마당에 스쿠터를 세우고 수지를 기다렸다. 성가시게 불러낼 필요 없었다. 수지도 내가 오는 소리를 들었을 것이다.

얼마 안 있어 수지가 올라왔다. 걸음걸이가 멀쩡한 걸 보니 깔창을 깐 모양이었다. 수지는 다리 한쪽이 약간 짧다. 어릴 때 화재 사고가 있었다. 병원에서는 그 사고로 한쪽 다리의 신경이 녹았다고 했다는데 수지 자신도 정확한 건 모른다. 그 사고 후부터 한쪽 다리가 더디게 자란 건 맞다.

"깔창 두 개면 정상이나 마찬가지야."

수지가 종종 말했었다. 하지만 수지는 평소엔 깔창을 깔지 않는다. 수지가 깔창 두 개를 얌전히 까는 날은 특별한 날이라고 했다.

"어떤 날인데?"

물었던 적이 있다. 그러자 수지가 쏘아붙였다.

"알아서 뭐하게."

그래서 더는 묻지 않았다. 그때는 그걸 알아 뭐하나, 생각했다.

그런데 그날 수지가 깔창을 깔았다는 걸 알았다. 걸음걸이가 꽤 달랐다. 수지 말마따나 '정상'과 거의 다를 바 없었다. 저럴 거면서 왜 절룩거리고 다니나. 사람 기죽이려는 것도 아니고.

"깔창 깔았냐?"

물었다. 수지가 웃는 것 같았다. 센서 등도 꺼지고 어두운 데다 그놈의 구불거리는 머리칼이 수지 얼굴을 뒤덮고 있어서 내가 제대로 본 건지는 모르겠다. 스쿠터에 올라타고 나서야 수지가 한마디 했다.

"신경 쓰지 마."

바닥에 대 두었던 스쿠터 스탠드를 발로 탁 차올리면서 나도 한마디 했다.

"누가 신경 쓰냐."

"그럼 됐고."

삼호 연립을 빠져나와 마계 건물 앞에서 신호를 기다리며 물었다.

"어디로 갈까?"

"아무 데나."

신호가 바뀌자 나는 신지구 아파트 단지 쪽으로 내달렸다. 아파트 단지를 빙 돌아 원룸가로 갈 참이었다. 수지한테 오기 전에 먼저 한 바퀴 돌았던 곳이다. 밤이면 쥐들이 라면 봉지를 줄줄이 뜯어 놓는 구지구의 농심마트 따위는 집어치우고 새로 시작할 편의점이 한창 공사 중이었다. 일주일 뒤면 나도 농심마트 배달이 아니라 편의점 일을 하게 될 텐데. 수지한테 미리 알리기도 할 겸 일단 거길 가 볼 참이었다.

수지를 스쿠터 뒤에 태우고 밤마다 들락거리던 고층 아파트 단지를 지나 빌라 골목 안으로 내달렸다.

빌라 골목을 지나면 상가 구역이었다. 상가 구역에서 다시 구지구 쪽으로 방향을 틀면 신지구의 끝이자 구지구가 건너다보이는 원룸가였다. 편의점은 원룸가의 중앙에 있는 소규모 건물에 있었다. 2층에는 교회, 편의점 옆으로는 치킨집과 화장품 가게가 있는 평범한 상가 건물이었다. 벌써 불을 밝혀 두기 시작한 편의점 간판 아래 스쿠터를 세웠다.

"여긴 뭐하러 왔어?"

수지가 물었다.

"다음 주에 문 연다."

"여기가 그 편의점이야?"

대답 대신 스쿠터를 세우고 내렸다. 수지도 바닥에 내려서서 편의점 간판을 올려다보았다.

"아저씨랑 둘이 하냐? 쉬지도 않고 이십사 시간 장사하는 게 가능한 일이야?"

"교대로 하면 된다. 알바 쓸지도 모르고. 배달 없어서 난 더 편하다."

"학교는 안 가? 아저씨가 뭐라고 안 해?"

"생각 없다."

그러자 수지가 발끝으로 땅을 툭 차면서 쏘아붙였다.

"여기 계속 서 있을 거야?"

그러거나 말거나 내 할 말을 했다.

"잘 봐라. 구지구에서 여기까지 걸어서 와도 얼마 안 걸린다. 사거리 쪽으로 오면 더 금방이고. 밤에는 내가 편의점 지킬 거다."

"딴 데 가자니까!"

뭔가 수지 기분을 건드린 모양이었다. 성질내 봐야 하나도 무섭지 않지만, 그래도 비위를 맞춰 주고 싶었다.

"어디 가게?"

"중학교에 벚꽃 폈을 거야. 요즘 한창일 텐데."

나는 다시 스쿠터에 올라 한때 수지가 다녔고, 내가 졸업한 중학교를 향해 달렸다. 꽃 볼 생각을 하니 괜히 마음이 들떴다. 그 중학교는 정말 볼 게 아무것도 없지만 봄이면 벚꽃 하나는 볼만했다.

*

수지가 사라졌다는 걸 안 건 편의점 오픈 전날이었다. 낮에 수지한테 갔었다. 그날 이후 못 만났으니 얼굴이나 보려고 간 거였다.

삼호 연립 마당에 스쿠터를 세워 놓고 지하로 내려갔다. 그런데 102호 문이 활짝 열려 있었다. 깜짝 놀라서 안을 들여다보니 집은 휑하게 비어 있었다. 신발도 벗지 않은 채 집 안 깊숙이 들어갔다.

여긴 지하 굴이야.

장마철이면 실지렁이가 기어오르는 방. 처음 본 날 나 혼자 스쿠터 위에서 울었던 수지의 방. 이 방을 본 후 수지가 오라면 오고, 가라면 가기로 마음먹었었다. 지하에서도 가장 깊숙한 구석에 처박혀서 수지 스스로도 지하 굴이라고 부르는 방의 문이 활짝 열려 있었다.

손바닥으로 벽을 탁, 쳤다. 느려 터진 형광등 불이 밝혀졌다. 방 안은 텅 비어 있었다.

나는 정신없이 다시 뛰어 올라와 마당에 섰다. 그때 누군가 위층에서 계단을 내려왔다. 아는 사람이었다. 우리 외할머니 친구의 며

느리인 아줌마였다. 아줌마네 집에 배달 간 적도 있다. 팔을 뻗어 지하층을 가리키며 물었다.

"여기 살던 사람들 어디 갔어요?"

그러자 아줌마가 나를 빤히 쳐다보면서 말했다.

"마트도 외상값 못 받았구나."

아줌마가 무슨 말인가를 더 했지만 귀에 들어오지 않았다. 정신없이 스쿠터에 올라타 마트를 향해 내달렸다. 외할머니를 보자마자 물었다.

"삼호 연립 지하 이사 간 거 알았어요?"

"지하 뉘 집?"

"부업하는 집요."

"며칠 됐다지, 아마."

"어디로 간댔어요?"

"모르지."

"그걸 모르면 어떡해요!"

소리를 버럭 질렀다. 그러자 외할머니가 나를 물끄러미 건너다보았다. 하긴 외할머니가 알 리 없었다. 어차피 삼호 연립은 철거될 거였다. 거기 사는 사람들이 하나둘 집을 비우고 있다는 걸 알고 있었다. 수지네도 그래야 한다는 것도.

하지만 나한테 한마디 말도 없이 이사 가다니. 적어도 나한테는 미리 말했어야 하지 않나!

스쿠터를 몰고 나왔다. 수지가 어디로 갔는지 알아봐야 했다. 그런데 누구한테 물어보나. 수지는 친구가 없다. 중학교도 3학년을 다니다가 그만두었다. 그 후에는 집에 틀어박혀 자기 엄마가 하는 전자 부품 조립이나 도우면서 지냈다. 전화도 자기 건 없었다. 수지와 연락하려면 집에 찾아가 문을 두드려야 했다. 아니면 자정에 삼호 연립 마당에 스쿠터를 몰고 가 기다리거나. 그런데 이제 삼호 연립 마당에서 아무리 기다려도 수지가 올라오지 않는다는 말이었다.

마계 건물 앞에 멈춰 섰다. 그제야 눈치가 들었다.

어쩐지 벚꽃이니 뭐니 하는 게 평소답지 않더라니. 신호가 바뀌자마자 중학교 쪽으로 내달렸다. 아무리 벚꽃이 만발했다 해도 수지가 거기 있을 리는 없었다. 그래도 거기밖에 가 볼 곳이 없었다.

*

수지 소식을 알아보려고 중학교 동창을 찾아간 적이 있었다. 수지가 학교를 그만두던 해 같은 반이었던 애다. 수지와 꽤 친하게 지냈다고 들었다.

그 애 아버지는 작은 가구 회사를 하는데, 집 옆에 가건물 같은 공장이 붙어 있었다. 내가 찾아간 날 다행히 그 애는 집에 있었다. 다짜고짜 수지 소식부터 물었다.

"몰라."

"친했다면서."

"지금은 안 친해."

"둘이 붙어 다녔으면서 그렇게 모를 수 있나?"

"그러는 너는? 너하고 수지, 사귀는 거 아니었어? 왜 나한테 와서 깽판인데!"

생각해 보니 그랬다. 공연히 다른 사람한테 깽판 치는 거였다. 수지가 영원히 삼호 연립에 살 줄 알았나? 비만 오면 지렁이가 기어오르는 지하 굴에서 언제까지나?

"할 말 다 했지?"

그 애가 있는 힘껏 대문을 닫고 들어간 후에도 나는 한참이나 그 자리에 서 있었다. 남의 집 대문 앞에 버티고 있어 봐야 달라질 일은 아무것도 없다는 것을 깨달을 때까지 마냥 서 있다가 스쿠터 위에 올라앉았다.

그때 대문이 벌컥 열리면서 그 애가 다시 얼굴을 내밀었다. 그러고는 성가셔 죽겠다는 듯이 말했다.

"걔네 할머니 어디 사는지 알아?"

"그건 왜."

"동생이랑 할머니한테 갔다는 말 있더라."

"그럼 걔네 엄마는?"

"그건 직접 가서 물어봐!"

대문이 꽝 닫혔다. 나는 서서히 스쿠터를 출발시켰다.

수지 할머니는 구지구에서 멀지 않은 곳에 산다. 스쿠터로 삼십 분도 채 안 걸리는 곳이다. 수지를 태우고 그 동네 근처까지 가 본 적도 있다. 그런데 그 생각을 왜 못 했나. 수지가 어디 대단하게 갈 곳이라도 있다고 생각한 건가.

그때 나는 당장이라도 그곳으로 내달릴 것 같았다. 그런데 막상 팔 개월이 지나도록 수지를 찾아가지 못하고 있었다. 어느덧 겨울 이었다.

1부

1

알바 누나도 가고 자정을 바라보는 시간이었다. 이 시간이 되면 스쿠터를 몰고 수지를 태우러 가던 습관이 깨어난다. 그래서 쩔쩔 매게 된다. 나는 괜히 창고를 들락거리면서 박스를 꺼내 물건을 진열하거나 대걸레로 바닥을 닦아 냈다. 등에 땀이 흥건해질 때까지 바닥을 닦다 보면 열이 식고 바람이 빠지기도 한다.

딸랑.

출입문이 열리고 처음 보는 손님이 들어섰다. 뒷덜미에 불룩하게 얹힌 진녹색 후드, 검은 가죽점퍼에 청바지를 입은 남자 손님이었다. 그가 내 쪽은 쳐다보지도 않고 진열대 사이로 획, 들어갔다.

잠시 뒤 나는 그 손님이 골라 들고나온 컵라면과 삼각김밥, 에너지 음료를 바코드 스캐너로 찍었다. 그는 주머니를 뒤적여 돈을 꺼내 놓았다.

나는 그의 얼굴을 보았다. 카드가 아니라 현금을 내놔서 몰래 살펴본 거였다. 현금 계산은 대체로 노인이나 아이, 아니면 가난을 더 이상 감출 수 없는 자들이 했다. 그런데 이 손님은 그중 어디에도 속해 보이지 않는데 동전 끝자리까지 맞춰 현금을 내놓았다.

계산을 마친 그는 컵라면 포장을 뜯어 뜨거운 물을 부은 뒤 창가 긴 탁자 위에 올렸다. 동작이 이상하리만치 재빨랐다. 서두르는 건가, 아니면 긴장한 건가? 혼자 편의점에서 라면 먹는 일에 익숙하지 않은 사람도 더러 있다.

'원룸가에 새로 이사 온 사람이겠지.'

밤에 편의점을 지킨 지 팔 개월째다. 한밤에 편의점을 찾는 손님들은 거의 다 알고 있었다. 대개 원룸가에 사는 사람들이다. 어느 날부터 보이기 시작한다면 새로 이사 온 사람이기 쉽다.

딸랑.

문이 열리면서 미나가 들어왔다. 미나와 나는 고1 때 같은 반이었다. 지금은 아니다. 미나는 고2가 되었고 나는 자퇴했으니까. 조심스러운 사실이 한 가지 있다. 미나는 원룸에 혼자 산다. 고등학생이 혼자 사는 게 별일이어서가 아니라 미나가 알리고 싶어 하지 않아서 조심스럽다는 것이다. 어쩌다 원룸에 혼자 살게 되었는지는 나도 모른다.

미나뿐 아니라, 학교 다닐 때 알게 된 선배 형도 이 근처 원룸에서 혼자 산다. 그 형은 고3인데, 공부 때문에 따로 나와 산다고 들었다. 미나도 그런 경우가 아닐까 생각하고 있다. 어쨌든 남의 속사정은 모른 체하는 게 예의다.

"학원 갔다 오냐?"

물었다. 미나가 고개를 끄덕이면서 창가에 앉아 라면 먹는 남자를 훑어보았다. 그러곤 어깨를 으쓱하더니 초록색 바구니를 집어 들고 진열대 쪽으로 들어갔다.

나는 반숙 달걀이 남아 있는지 보려고 고개를 빼 개방 냉장고를 살폈다. 미나는 반숙 달걀에 햇반을 자주 사 갔다. 나도 가끔 그렇게 먹을 때가 있다. 데운 햇반에 반숙 달걀 두 개를 넣고 간장과 참기름에 비벼 깍두기를 곁들여 먹는다.

미나가 들고 온 바구니에는 역시나 반숙 달걀이 들어 있었다. 그리고 맥주가 네 캔 담겨 있었다.

"아저씨는?"

미나는 우리 외할아버지를 아저씨라고 부른다. 공식적으로는 나의 외할아버지가 아니라 아버지니까 미나가 아저씨라고 불러도 이상할 게 없다.

"집에. 쉬러."

"아줌마도?"

우리 외할머니한테는 아줌마라고 부른다.

"응."

밤늦은 시간에도 외할아버지나 외할머니가 간혹 편의점에 나와 있는 걸 미나도 안다. 나는 바구니에서 맥주를 빼내면서 알렸다.

"이건 안 된다."

"왜?"

미나가 이상한 말이라도 들은 것처럼 되물어서 내가 일깨워 주었다.

"신분증 내놔."

그러자 미나가 픽 웃으면서 말했다.

"너 인고지?"

미나가 들먹인 '인고'란 내가 다니던 고등학교다. 어쩌면 내년 부터 내가 다시 다니게 될 학교고, 미나가 지금 다니고 있는 그 고등학교다.

"그게 왜?"

그러자 미나가 되물었다.

"너 복학하면 몇 학년이지?"

어이없었지만 미나가 하려는 말이 뭔지 짐작됐다. 내가 다시 학교로 돌아간다면 자기가 선배라는 말이었다.

"나 네 선배야. 그냥 계산이나 해 줘."

선배 무서워서가 아니라, 그 순간 미나 표정이 맥주가 꼭 필요한 것처럼 보여서 더 이상 따지지 않기로 했다. 맥주가 필요한 순간이라면 나도 잘 안다.

"이번 한 번만이다."

삑삑. 바코드를 찍었다.

미성년자한테 주류를 파는 건 불법이다. 하지만 미나는 혼자 산다. 사람이 혼자 산다면 나이에 상관없이 어른인 셈이다. 그런 생각을 하면서 도톰하고 불투명한 비닐봉지에 물건을 담아 주었다. 이 분홍색 비닐봉지는 검은색 비닐봉지보다 비싼데, 무거운 물건이나 비치면 곤란한 물건을 담아 줄 때 주로 쓴다.

"비닐봉지가 쓸데없이 예쁘네!"

미나는 맥주 사는 데 성공해서 기분이 좋은지 출입문을 활짝 열어젖히고 나갔다. 찬바람이 쏵 들이닥쳤다.

그때였다. 저 멀리 불길이 치솟는 게 보였다. 사거리 마계 건물 쪽이었다. 사거리가 훤했다.

나는 문밖으로 뛰어나가 데크 난간을 붙잡고 섰다. 원룸 건물들의 창문이 열리기 시작했다. 고요하던 원룸가가 갑자기 들끓었다. 멀리서 사이렌 소리가 났다. 나는 망설였다. 편의점을 팽개치고 뛰어가 볼까. 하지만 그렇게까지 가까이 가고 싶은 마음은 없었다.

누군가 호루라기까지 불어 대면서 뛰었다. 난데없이 검정 스쿠터 한 대가 편의점 옆 골목에서 미끄러져 나와 활처럼 호를 그으며 반대편 차선으로 돌았다. 마계로 가는 방향이었다.

쿠아앙—— 스쿠터는 굉음만 남기고 순식간에 사라졌다.

불길은 금세 잡힌 것 같았다. 잠시 요란하게 들끓었던 원룸가는 언제 그랬느냐는 듯이 다시 어둠 속에 묻혔다.

"난 간다."

미나도 여태 불구경을 했던 모양이다.

"어."

미나가 가는 모습을 멍하게 보고 서 있다가 편의점 안으로 들어왔다. 하지만 곧 다시 문을 열어 밖을 내다보았다.

조금 전 편의점에서 라면 먹던 손님이 언제 나갔지? 내가 데크에 나와 있는 사이 나간 건가? 편의점에 들어올 때부터 뭔가 훅, 움직이는 것 같긴 했지만 나도 모르게 편의점을 빠져나가다니. 내가 불구경에 너무 빠져 있었나?

아무튼 그 손님의 동작은 좀 묘했다. 동작의 4단계가 있다면 중간 2, 3단계가 생략되었다고 할까, 절도 있다고 할까. 혹은 금방이라도 터져 나올 것 같은 불만을 달래느라 긴장하고 있다고 할까.

훅.

허공에 괜히 주먹이나 한번 뻗어 보았다.

2

　방한 덮개를 둘둘 말아 스쿠터 의자 안에 쑤셔 넣고 뚜껑을 탁 닫았다. 밤새 덮개를 뒤집어쓴 채 웅크리고만 있었으니 서서히 출발시켜야 했다.

　부앙──

　외할아버지와 교대하고 집으로 가는 길이었다.

　지난밤 불은 마계 건물에서 난 게 맞았다. 건물 외벽을 두르고 있던 부직포가 불에 타 흉하게 너덜거렸다. 몇 층 올리다 만 마계에 불이 나 봐야 탈 거나 뭐 있나. 역시나 탄 거라고는 부직포뿐이었다. 철골은 탄 게 아니라 시커멓게 그을었다. 누가 담배꽁초라도 잘못 던졌나? 일부러 마계 앞을 천천히 지나가면서 훑어보았다.

꼴좋다!

마계에 불이 나서 구지구 사람들이 좋아했으려나? 저 마계가 운을 막고 서서 구지구가 꼼짝달싹 못 한다고 생각하는 사람들이니.

구질구질한 구지구. 더러운 구지구. 쓰레기 천지인 구지구. 음산한 구지구. 싸구려 구지구. 이런 동네인데도 사람들은 쉽게 떠나지 못한다. 이 지겨운 곳에서 왜 벗어나지 못하나. 가난해서?

구지구에서도 제일 가난한 축에 속하던 수지네도 떠났는데. 돈이 없어서 못 떠난다는 건 핑계다. 사실 진짜 가난한 사람들은 진즉 다 떠났다. 아직도 구지구를 못 뜨는 사람들은 여기서 뭐라도 더 뜯어먹을 게 없나 눈에 불을 켜는 사람들이다.

우리 외할아버지만 해도 구지구에 마트가 딸린 납작한 집을 가지고 있다. 구지구에서는 그래도 뭘 좀 가진 축에 속한다. 그러니 챙길 건 다 챙길 때까지 구지구를 떠나지 않을 것이다.

그런데 구지구보다 더 가난한 곳이 있다. 바로 우리 편의점이 있는 원룸가다. 원룸가는 신지구에 속하지만, 여기 사는 사람들은 구지구 사람들보다 더 가난하다. 구지구에 끈덕지게 남아 있는 사람들은 그래도 뭔가를 갖고 있다. 땅이나 집, 근처 산에 조상의 묘지라도 있다. 하다못해 이사 갈 때 들고 갈 냉장고나 세탁기라도 있다. 아니면 가족이라도. 하지만 신지구 원룸가 사람들한테는 그런 게 없다.

"달랑 몸뚱이 하나뿐인 치들이여."

외할아버지 친구인 부동산 아저씨가 그랬다.

"아주 뼛속까지 가난한 사람들이라니께?"

신지구 아파트에 사는 사람들도 속사정은 마찬가지라고 들었
다. 부동산 아저씨 말에 따르면 신지구 아파트에 사는 사람들은 죄
다 빚쟁이라고 했다. 번듯한 아파트에 살지만 다들 엄청난 빚을 지
고 있다는 것이다.

"겉보기만 번드르르한 게 거기여. 탁 털어 버리고 나면 빈손들
일 거여. 가끔 아찔한 생각이 다 들어."

부동산 아저씨가 몸서리를 치는 걸 보면 공연히 하는 말은 아닐
것이다.

아무튼, 밤에 편의점을 지키면서 알게 된 사실은 그거였다. 가난
은 구지구에만 있는 게 아니다. 어디에나 있다.

집에 다 왔다.

천년이 지나도 팔리지 않을 것 같은 물건들, 반품도 안 되는 쓰
레기들만 굴러다니는 농심마트. 이제는 쥐들만 들락거리는 마트
따위, 거들떠보기도 싫다. 한때 마트 창고로 쓰던 뒷마당에 스쿠터
를 세워 놓고 집 안으로 들어섰다.

"아이구, 내 새끼."

이 세상에 나를 정말로 걱정해 주는 사람이 둘 있다면 그건 외
할아버지와 외할머니다. 특히 외할머니는 자기 자신보다 나를 더

걱정하는 사람이다.

"힘들었쟈?"

나는 힘든 줄 모르겠는데 외할머니는 항상 힘들었냐고 묻는다. 그러면 나는 이렇게 되묻는다.

"밤에 아무 일 없었죠?"

"뭔 일이 있어. 늙은이 둘밖에 없는 집에."

이따금 늙은이 둘이라는 외할머니 목소리에 서러움이 담겨 있을 때가 있다. 오늘이 바로 그랬다. 그래서 직감적으로 알아차렸다.

"왜, 무슨 일인데요."

외할머니가 식탁 위에 이런저런 반찬을 올려놓으면서 망설이는 게 심상치 않은 눈치였다.

"답답하게. 말을 해야 알죠."

"전화 왔어."

"전화요?"

되묻고 나서 알아차렸다. 외할머니가 나한테 시원하게 말하지 못하는 일은 한 가지뿐이다. 바로 엄마 일이다.

"뭐라고요? 또 돈 보내래요?"

"그게 아니고."

"아니긴 뭐가 아니에요!"

의자를 거칠게 빼내 앉으면서 대꾸했다. 아무리 화가 나도 외할머니가 차려 주는 밥상을 외면하지 않기로 한 지는 한참 되었다.

외할머니의 밥상은 무조건 받아야 한다는 게 외할아버지와 나의 철칙이다. 외할머니는 식구들에게 밥상 차려 주려고 태어난 사람처럼 살기 때문이다. 내가 아무리 싸움질에 사고만 치다가 학교를 때려치웠다 해도 더는 외할머니를 서럽게 하고 싶지 않았다.

"돈이 아니고……."

"아니면요."

"집에 온다고."

"언제는 누가 막았나?"

"아예 와서 살란다고."

나는 밥을 크게 한 숟갈 떠서 입 안에 욱여넣었다. 초고추장에 무친 미역줄기와 구운 고등어 살도 입 안에 밀어 넣고 우물우물 씹어 삼켰다. 할머니도 더는 아무런 말이 없었다. 남은 밥을 퍼 먹고 된장국을 후루룩 마시고 일어섰다.

방에 들어와 되는대로 드러누워 손전등을 천장에 대고 켰다 껐다 하기를 반복했다. 날이 밝아 오고 있었지만 커튼 친 방은 그런대로 손전등 장난을 할 만했다.

틱.

톡.

틱.

엄마라니. 나는 엄마라고 불러 본 적이 없다. 아니, 엄마 쪽에서

도리어 '엄마'로 불리고 싶어 하지 않았다. 여덟 살 때까지는 누나라고 불렀고, 이후에는 아예 부를 일이 별로 없었다. 엄마가 집에 없었으니까.

엄마는 열여섯 살에 나를 낳았다. 나는 외할아버지 호적에 올랐다. 그러니까 나는 법적으로 외할아버지의 아들이다. 밖에서 나는 외할머니를 어머니로, 외할아버지를 아버지로 부른다.

톡.

내가 어릴 때 엄마는 걸핏하면 집에서 돈을 훔쳐 가출했다. 가출해서 몇 달이고 소식이 없다가 돈이 떨어지면 돌아오는 일이 반복됐다. 그러다가 내가 중학생이 될 무렵부터는 거의 집에 오지 않았다. 어디서 뭘 하면서 사는지 감감하다가 돈이 떨어져야 연락이 왔다.

틱.

구지구 사람들이 다 알고 있는 우리 집 사정도 이제는 아무 이야깃거리가 되지 않는다. 한때 구지구 사람들이 드라마 보듯 열광하던 농심마트의 복잡한 가정사지만, 이제 아무도 관심 없다. 무엇보다 우리 집 사정을 아는 사람도 얼마 남지 않았다. 엄마가 와도 알아보고 수군거릴 사람이 없다. 그걸 엄마도 알고 있을 테고, 그래서 돌아오려는 걸 거다.

'올 테면 오라지. 누가 막나.'

손전등을 툭 팽개치고 눈 위에 수건을 덮었다.

3

물건 정리나 좀 하려고 목장갑을 꺼내 탁 털었다.

딸랑.

문을 밀고 들어선 사람은 미나와 아는 형이었다. 말했다시피 형은 학교 선배였다. 밤 11시가 넘었지만 둘 다 교복 차림이었다. 학교에서 바로 학원에 갔다가 오는 모양이었다.

"수고 많네."

미나가 알은체하기에 나도 고개를 까닥했다.

미나가 들고 온 바구니에는 반숙 달걀과 햇반, 그리고 새우튀김 도시락이 들어 있었다. 도시락 유통 기한을 보니 한 시간가량 남아 있었다. 한 시간만 지나면 팔아서는 안 되는 물건이다. 그 한 시간

동안 도시락에 무슨 일이 일어난다는 건가, 생각하면서 바코드를 찍었다.

"오늘 밤엔 불 안 나려나?"

미나가 불쑥 말을 꺼냈다. 그러자 계산대로 다가온 형이 짓궂게 놀렸다.

"불구경 좋아하면 자다가 오줌 싼다."

"뭐야?"

미나가 쿡쿡 웃었다.

형은 고구마칩 한 봉지와 에너지 음료 두 개를 내밀었다. 나는 형 얼굴을 쳐다보았다. 에너지 음료를 잘못 마셨다가는 두통이나 현기증에 시달리게 되고, 재수 없으면 죽을 수도 있다. 외할아버지도 호기심에 한번 마시고 나서 아주 고생한 적이 있다. 그 말을 할까 말까 망설이는데 미나가 벌써 문 쪽으로 나섰다.

"간다."

그러자 형도 따라나섰다.

"수고해라."

둘이 물건도 같이 사고 앞서거니 뒤서거니 하며 장난을 치는 게 사이좋아 보였다. 사귀는 사이였나? 눈치채 줘야 하는 건가? 관두자. 먼저 말할 때까지 모르는 척하는 게 편하다.

딸랑.

그때 종소리가 울렸다. 미나가 나가면서 열린 문이 채 닫히기도 전에 누군가 들어왔다.

"어서 오세요!"

괜히 불안한 기분이 드는 심야에는 큰 소리로 인사하는 게 나를 위해서도 손님을 위해서도 좋다.

문을 열고 들어온 사람은 한껏 부풀어 오른 오렌지색 패딩 점퍼를 입고 귀마개가 달린 털모자를 눌러쓴 아줌마였다. 이 밤중에 시장 볼 때 쓰는 캐리어까지 끌고 들어온 아줌마가 온장고에서 캔커피를 꺼내 마개를 따 올렸다. 따끈한 캔을 양손으로 감싸 쥔 아줌마가 밖을 내다보면서 중얼거렸다.

"날씨가 너무 메말랐어."

그러곤 커피를 한 모금 마시고 나서 말했다.

"이러다 또 불날까 걱정이네."

"불요?"

내가 불쑥 물었다. 그러자 아줌마가 내 쪽으로 몸을 돌렸다.

"학생도 어제 불난 거 봤어?"

아줌마가 내 대답은 들을 필요도 없다는 듯이 말을 이었다.

"동네에 그런 일 생기면 나 같은 사람은 신경 쓰여."

"왜요?"

"밤에 불이 났으니 야밤에 나다니는 나 같은 사람들이 의심받을 거 아냐."

"밤에 왜 돌아다닙니까?"

"고양이 밥 주러. 그나저나 어제 고양이들은 또 얼마나 놀랐을 거야. 애들이 그래서 오늘 밥 먹으러 나오지도 않는 거 같어……."

"캣맘이세요?"

내 말에 아줌마 눈이 반짝 빛났다.

"학생이 캣맘도 알어?"

내가 픽 웃었다.

"고양이 좋아해?"

"고양이 싫어하는 사람이 어딨습니까."

"학생이 몰라서 그러지 고양이 싫어하는 사람도 있어. 그래서 내가 밤에 밥 주러 다니는 거잖어."

내가 아줌마를 멀뚱히 건너다보고 있으려니 아줌마가 "아, 그럼 난 간다." 했다. 그런데 캐리어를 끌고 나가던 아줌마가 갑자기 돌아서서 빈 캔을 내밀었다.

"참, 계산 안 해?"

"아, 네……."

아무튼, 이 추운 날 한밤중에 고양이 밥 주러 다닌다는 아줌마 때문에 좀 놀라긴 했다.

캣맘 아줌마가 가고 나서 연이어 사람들이 들이닥쳤다.

딸랑. 딸랑.

한동안 손님이 계속 들어오고 나가다가 어느 순간 리듬이 툭 끊

36

졌다. 편의점 안이 고요해졌다. 손님이 뜸할 때 진열대와 냉장고에 물건도 좀 채워 넣고 탁자도 정리해야 했다.

창고에서 과자 박스를 막 꺼내 왔을 때였다. 문이 열리면서 어제 왔던 그 손님이 들어왔다. 훅, 하고 움직이는 바로 그 남자였다. 어제와 달리 후드를 머리에 푹 뒤집어쓰고 있었지만 그 남자인 줄 금방 알아봤다.

"어서 오세요."

인사부터 했다. 계산대를 비우고 다른 일을 할 때는 일부러 더 큰 소리로 인사하곤 한다. 그래야 손님이 누가 있다는 걸 알 수 있다.

과자 박스는 테이프만 뜯어서 일단 바닥에 놔두고 계산대에 들어가 기다렸다.

후드를 뒤로 젖힌 훅이 어제처럼 컵라면과 삼각김밥을 들고 계산대 쪽으로 왔다. 일부러 기르는 게 아니라면 미용실 갈 때가 지난 머리칼이었다. 조금 젖어 있기까지 했다. 이 추운 밤에 샤워하고 바로 나온 건가?

내 또래일 것 같기도 하고, 나보다 두세 살 많을 것 같기도 했다. 하기야 열여덟이면 어떻고 스물여덟이면 또 어떤가. 혼자 피식 웃었다.

훅이 거스름돈을 주머니에 쑤셔 넣고 창가 탁자 앞으로 걸어갔다. 어제처럼 먹고 갈 모양이었다.

훅은 라면이 익을 동안 의자를 빼내고 앉아 삼각김밥 포장을 벗겼다. 이윽고 은박 뚜껑을 열자 고소한 라면 냄새가 퍼졌다. 훅이 첫 면발을 건져 올리는 것을 보고 나는 진열대로 갔다. 먹는 모습을 계속 쳐다볼 수야 없다. 물건 정리를 마저 할 생각이었다.

무슨 일을 하기에 한밤에 라면을 먹으러 편의점까지 오는 것일까? 대학생인가? 학생이 아니라면 어떤 직업이지? 머리칼도 말리지 않고 온 걸 보면 원룸가에 사는 건 맞을 텐데. 언제부터 여기 살았나? 난데없는 호기심에 머리가 좀 복잡했다.

마침내 훅이 일어났다. 쓰레기통에 라면 용기를 던져 넣고 문 쪽으로 가는 모습이 역시나 훅, 한 자였다. 내가 보긴 잘 본 것 같다.

딸랑.

훅이 문을 연 짧은 순간이었다. 도로에 수지가 걸어가고 있는 게 보였다. 나는 단숨에 문밖으로 튀어나갔다.

야, 너! 소리칠 뻔했다.

하지만 수지가 아니었다. 수지처럼 길고 구불구불한 파마머리를 늘어트렸지만, 다른 사람이었다. 수지보다 키가 컸다. 무엇보다 걸음걸이가 멀쩡했다. 수지는 기우뚱거리며 걷는다.

내가 문밖으로 달려 나와 쳐다보자 여자 쪽에서 도리어 나를 이상한 사람 대하듯 쏘아보았다. 한 소리 듣기 싫으면 얼른 편의점 안으로 들어와야 했다.

그런 나를 훅이 보고 서 있었다. 얼굴이 화끈 달아올랐다.

4

훅이 며칠째 계속 자정 무렵에 와서 컵라면에 삼각김밥을 먹고 갔다. 그래서 그 시간이 되면 훅을 기다리게 되었다. 그런데 오늘은 자정이 한참 지나도 나타나지 않았다. 안 올 모양인가. 공연히 한숨을 쉬었다.

딸랑.

그때 출입문에 매달린 쇠 종 소리가 울렸다. 문을 밀고 들어선 손님은 뜻밖에도 꼬마였다. 낮에도 잘 볼 수 없는 꼬마 손님이 심야에 편의점 문을 밀고 들어와서 좀 당황했다.

어깨까지 내려온 단발머리가 멋대로 헝클어진 여자아이였다. 어서 오라는 인사도 못 하고 멀뚱하게 서 있었다.

여자아이는 진열대 앞으로 주저 없이 걸어갔다. 그리고 잠시 후 소주와 카라멜콘, 컵라면 두 개를 들고 나왔다. 여자아이가 계산대에 소주를 올려놓는 순간 내가 말했다.

"이건 안 된다."

그러자 아이가 그럴 줄 알았다는 듯이 턱짓으로 문밖을 가리켰다. 웬 할머니가 유리문에 이마를 바싹 대고 안을 들여다보고 있었다.

"저 할머니가 뭐?"

내가 물었다.

"할머니 아니야. 우리 엄마야."

"저 할머니가 엄마라고?"

그러자 여자아이가 미간을 찌푸렸다. 미간에 세로 주름 세 줄을 선명하게 잡고 나를 올려다보면서 귀찮은 듯 물었다.

"아저씨 어디 갔어?"

외할아버지를 찾는 모양이었다. 그러니까 우리 편의점이 처음이 아니라는 말이었다. 내가 되물었다.

"아저씨는 왜?"

"아저씨는 귀찮게 하지 않아!"

"뭐?"

"언니도 귀찮게 하지 않고."

알바 누나도 아는 모양이었다.

"그런데?"

"엄마가 저기 있잖아!"

아이가 내 눈을 똑바로 쳐다보면서 다그쳤다. 나는 다시 문 쪽을 보았다. 늙은 아줌마가 여전히 안을 들여다보고 있었다. 어쩔 수 없다. 소주는 아이가 아니라 저 아줌마가 사는 거다. 나는 얇은 검정 비닐을 뜯으려다가 손가락에 침을 묻혀 두툼한 분홍색 비닐봉지를 한 장 집어냈다.

그때 문이 열리고 누군가 들어왔다. 근처 원룸에 사는 아저씨였다. 말하자면 편의점 단골이다.

"어서 오세요."

아저씨에게 인사하면서 비닐봉지를 벌리자 여자아이가 소주부터 재빨리 집어넣었다. 거스름돈을 주면서 맥주에 사은품으로 달려 나온 땅콩 몇 팩을 봉지 안에 같이 넣어 주었다. 여자아이가 슬며시 웃었다.

막걸리를 들고 계산대 앞으로 온 아저씨가 문을 밀고 나가는 여자애와 문밖에서 기다리는 아줌마를 유심히 바라보더니 한마디 했다.

"애가 고생이네."

"왜요?"

"아, 애 엄마가 저러니 애가 고생이지…… 쯧쯧."

"저 애 잘 아세요?"

"잘은 모르지. 한두 번 보긴 했지만."

"애가 똑똑하던데요. 함부로 건드렸다가는 봉변당합니다."

나는 어깨에 힘을 주고 낮게 깐 목소리로 알렸다.

"봉변?"

"네, 우리 어머니하고 같은 성당에 다녀서 압니다. 수녀님들도 모두 저 애를 똑똑하다고 한대요."

"성당엘 다녀?"

"네, 성당 사람들끼리는 서로 다 잘 알잖습니까."

"그래?"

머쓱해진 아저씨가 나가자 나는 참았던 숨을 크게 내쉬었다. 내가 왜 그런 거짓말을 했나? 잘한 일인지 잘못한 일인지는 모르겠다.

그런데 사실 외할아버지도 비슷한 거짓말을 한 적이 있다. 구지 구에서 마트를 할 때였다. 밤늦게 어떤 여자 손님이 물건을 사 가는 걸 보고, 남자들이 뒤에서 시시껄렁한 농담을 했다. 그러자 외할아버지가 말했다.

"저 아가씨네가 경찰 집안이여. 아버지도 경찰이고, 오빠 되는 사람은 파출소에서 근무하는 순경이고. 잘못 농이라도 했다간 큰 일 날 거여."

외할아버지는 구지구에서 마트 하는 것을 무슨 동네 보안관이나 된 듯 생각하는 사람이었다.

얼마 안 있어 누군가 또 들어섰다.

"어서 오세요."

일단 인사부터 하고 보니 훅이었다. 내 목소리가 너무 컸던지 훅이 나를 힐끗 쳐다보면서 씩 웃었다.

오늘도 훅은 라면에 삼각김밥을 먹었다. 나는 창에 비치는 훅의 모습을 훔쳐보았다. 젓가락으로 건져 올린 라면을 두어 번 흔든 다음 입 안에 재빨리 밀어 넣는 동작이 역시 훅, 했다. 공연히 혼자 웃었다. 국물까지 들이켠 훅이 김밥 비닐을 구겨 쥐었다. 양이 모자란가? 나도 모르게 불쑥 말했다.

"김밥 하나 더 드릴까요?"

훅이 나를 돌아보았다. 무슨 뜻이냐는 것 같았다.

"아, 삼각김밥 중에 12시까지 못 팔면 재고로 남는 게 있어요. 어차피 유통 기한 지나 버렸으니까…… 그렇다고 못 먹는 걸 드리는 건 아니고요, 겨울에는 유통 기한 지나도 하루 정도는 상관없어요. 저도 시간 지난 거 매일 먹는데 탈 없습니다."

장황하게 설명하는 와중에 벌써 후회가 막심했다. 모르는 사람한테 유통 기한 지난 음식을 주겠다는 것 자체가 실례였다. 뒷덜미가 화끈거렸다.

"오늘은 됐고, 다음에 먹죠."

훅이 대답했다. 약간 낮기는 했지만 어둡거나 위압적인 낌새는 없는 목소리였다. 오히려 다정하달까, 그런 목소리였다.

하여간 훅이 대답을 해 주었다는 데 의의가 있었다. 나를 이상하게 생각하면 어떡하나 벌써 고민 중이었으니.

딸랑.

훅이 나가자 나는 유리문 쪽으로 다가서서 밖을 내다보았다. 이 시간에 편의점에 오는 걸 보면 근처에 사는 게 틀림없는데 어느 원룸에 사나. 밖을 내다보면서 주변의 원룸들을 살폈다. 그런데 훅은 원룸 쪽이 아니라 놀이터 쪽으로 가는 것 같았다. 놀이터엔 왜 가지? 건물에 가려 잘 보이지 않는 밤거리를 한참 내다보고 섰다가 막 돌아서려는 찰나였다.

놀이터 쪽 도로에서 스쿠터 한 대가 미끄러져 나왔다.

훅인가?

그런데 스쿠터가 사라지는 것과 동시에 어디선가 불덩어리가 튀어나왔다. 불덩어리는 어두운 도로 한가운데를 질주하고 있었다. 나는 문을 열어젖히고 밖으로 뛰쳐나갔다. 도로를 가로지른 불덩어리는 원룸 골목으로 사라져 버렸다.

뭐지? 어떻게 해야 하나? 쫓아가 봐야 하는 건가?

"학생!"

지난번 봤던 캣맘 아줌마가 멀리서 뛰어오면서 나를 불렀다. 아줌마가 숨을 헐떡거리며 물었다.

"불, 불붙은 고양이 봤어?"

나는 그게 고양이였다니, 하고 놀라면서 고개를 끄덕였다.

"누가 고양이한테 불을 붙였어! 근데 잡을 수가 있어야지. 얼른 잡혀야 어떻게라도 해 볼 텐데."

"저 건너편 골목으로 갔어요."

아줌마가 곧장 달려가는 걸 보면서 나도 모르게 편의점 출입문을 잠그고 아줌마를 쫓아갔다.

아줌마는 골목에 쭈그려 앉아 주차된 자동차 밑을 살피고 있었다. 자동차 밑에서 뭔가가 자지러지듯 꿈틀대는 게 보였다. 아줌마가 엎드렸다. 나도 앞뒤 가릴 것 없이 패딩 조끼를 벗었다. 그리고 꿈틀거리는 고양이를 조끼로 덮쳐 끌어냈다.

"잡았어요!"

"병원 가야 돼. 택시, 택시!"

아줌마가 소리치면서 도로 쪽으로 달려 나갔다. 다행히 택시는 금방 잡혔다. 아줌마가 고양이를 받아 안고 택시에 타면서 말했다.

"학생은 가게 지켜. 내가 연락할게."

*

다음 날 저녁이었다. 그사이 아줌마로부터 별다른 연락이 없어서 마음이 좀 무거웠다. 그런데 편의점에 오자마자 알바 누나가 물었다.

"어젯밤에 고양이한테 불이 붙었다면서?"

"그걸 어떻게 알았어요?"

"좀 전에 캣맘이라는 아줌마가 다녀갔어."

"고양이는 어떻대요?"

"그게…… 병원에서 할 수 있는 처치는 다 했는데 어쩔 수 없었대. 아줌마가 너한테 고맙다고 하더라. 너 기다릴까 봐 연락해 주고 싶었는데, 내내 고양이 옆을 지키느라 못 그랬대. 집에 가는 길에 들른 거라고 하더라고."

알바 누나는 그런 말을 전하면서도 별 동요가 없어 보였다. 입을 꾹 다문 나를 슬쩍 살피고는 누나가 말을 이었다.

"세상엔 그보다 훨씬 두려운 일도 아무렇지 않게 일어나."

"……."

"내 말은…… 모든 일에 감정을 상해서는 안 된다는 거지. 뭔가를 정말 책임지려면 감정부터 격해져서는 안 된다는 거고."

"책임요?"

그러자 알바 누나가 나를 물끄러미 보면서 말했다.

"화내는 건 쉬워. 책임지는 게 어렵지."

이번에는 내가 누나를 가만히 건너다보았다. '책임'이라는 말이 몸 속 어딘가에 콕 박히는 기분이었다.

"그런데 요즘 이상한 거 돈다더라."

누나가 한쪽 어깨에 백팩을 걸치면서 말을 돌렸다.

"이상한 거라니요?"

"좀 구식이긴 한데…… 저주의 편지랄까, 행운의 편지랄까."

"편지요?"

"애들이 하는 장난 같은 거. 편지를 받으면 거기 적힌 대로 해야 하고, 그래야 저주를 털어 버릴 수 있다는 건데. 장난인 줄 알지만 무시하기엔 좀 맘에 걸리잖아. 친구가 사거리 아이스크림 가게에서 알바하는데, 며칠 전에 가게 탁자에 누가 편지를 두고 갔더라."

"불을 질러야 한다는 편지였나 봐요?"

"맞아, 알고 있었어?"

"그럼 얼마 전에 마계 건물에 불난 것도…….."

"그리고 고양이한테 불붙인 것도?"

알바 누나가 나를 보았다. 그 순간 서로 같은 걱정을 하고 있다는 것을 알았다.

"조심해라. 편지 같은 거 보여도 읽지 말고 그냥 버려. 그런 건 무시하는 게 가장 좋은 방법이다."

알바 누나가 가고 잠시 한가했다. 지난밤 어두운 도로를 가로질러 뛰어가던 고양이 생각이 자꾸 났다.

누굴까? 그런 장난을 한 자가. 살아 있는 고양이한테 불을 붙일 수 있는 자가.

이 근처에 사는 사람일 가능성이 높다.

미나, 아는 형, 어린 여자애, 그 애의 늙은 엄마.

하지만 설마 싶었다. 그럴 리 없었다. 그렇다면 혹은?

모를 일이었다. 나는 고개를 세차게 저었다.

5

　며칠 동안 훅이 오지 않았다. 자꾸 문 쪽을 내다보게 되었다. 혹시 오는 시간이 바뀐 건가? 급기야 알바 누나한테 묻기까지 했다.

　"훅, 하고 움직이는 손님 못 봤어요?"

　"훅?"

　정산을 마치고 막 퇴근하려던 알바 누나가 되물었다.

　"아, 그러니까 키는 저 정도 되고 나이도 저하고 비슷해 보이는 남자 손님인데…… 컵라면에 삼각김밥을 먹고 가고, 검정 가죽점퍼 주로 입고요."

　"왜? 외상 줬어?"

　"그건 아니고요."

"아, 난 또……. 요전에 외상 달라는 손님이 있어서. 그런데 남자는 아니었어."

"누가 편의점에 와서 외상을 달라고 합니까?"

"그러게 말이야. 웬 꼬마 손님이었어."

"꼬마요?"

"사장님은 가끔 외상 주나 보던데 난 안 줬어. 그런데 훅,은 뭐니?"

내가 그 남자를 '훅' 하다고 생각하는 이유를 알바 누나한테 설명해 줬다.

"글쎄, 그런 게 훅 한 건가?"

누나가 고개를 갸우뚱하면서 웃었다. 생각해 보니 나도 웃겼다.

"혹시 무술 같은 거 하는 사람인가? 아니면 잠복근무 중인 형사일지도 모르지. 늘 똑같은 시간에 와서 라면 먹고 가다가 갑자기 안 보이는 거 보면."

"글쎄요, 형사 할 만큼 나이 들어 보이진 않던데……."

내가 말끝을 흐렸다.

"너, 사람 겉 보고는 모르는 거다."

알바 누나가 가볍게 한마디 뱉으면서 가방을 둘러멨다.

"내일 보자."

오늘 밤은 유난히 손님이 많이 들락거렸다. 주말 저녁엔 원래 더 바빴다. 종일 방에 틀어박혀 있던 사람들이 밤늦게 먹을거리를 사러 나왔다.

날씨가 추워서인지 뜨거운 커피와 호빵이 채워 넣기 바쁘게 팔려 나갔다. 컵라면이나 우동도 마찬가지였다. 창고에서 여분의 컵라면을 박스째로 꺼내 와 아예 계산대 옆에 놓아두었다. 그러곤 잠시 한가한 틈을 타 우동을 먹으려고 뜨거운 물을 부었다. 유통 기한이 가장 짧게 남은 불고기 김밥을 찾아 막 손에 들었을 때였다.

딸랑.

훅이었다.

훅은 지금껏 그래 왔듯 라면 진열대 쪽으로 성큼 들어갔다. 나는 계산대로 돌아가서 기다렸다. 훅이 약간 서두르는 듯 계산대 위에 컵라면과 삼각김밥을 내려놓고 낮은 목소리로 물었다.

"야참 먹는 겁니까?"

잠깐 나는 무슨 말인지 못 알아듣고 훅을 쳐다보았다. 훅과 눈이 마주치자 그때서야 훅이 나한테 인사했다는 것을 알았다.

"아…… 네."

나는 얼떨떨한 얼굴로 대답했다. 그러자 훅이 씩 웃는 것도 같았다. 아무튼 그 짧은 순간에 진땀 좀 뺐다.

훅은 라면에 뜨거운 물을 부어 탁자에 올려놓고 삼각김밥 비닐을 뜯었다. 나도 탁자 앞에 가서 의자를 뺐다. 예기치 않게 훅과 나란히 앉아 식사를 하게 되었다. 우동 가락이 퉁퉁 불어 있었지만 허기진 마당에 그 정도는 귀여웠다. 한참 서로 먹는 일에 열중하다가 내가 불쑥 물었다.

"이 근처에 삽니까?"

그러자 훅이 입 안에 있는 라면을 삼키면서 답했다.

"예, 이 근처요."

"식사 편하게 하세요."

그러자 훅이 나를 돌아보더니 픽 웃었다. 나도 픽 웃었다.

서로 얼굴을 마주 보고 웃긴 했지만 대화는 그걸로 끝이었다. 훅은 방해받고 싶지 않은 것 같았고, 나도 마냥 넉살 좋은 성격은 아니었다.

훅과 화재 사건을 연결해 보려고 했다. 관련이 있을 것 같기도 하고, 영 아닌 것 같기도 했다. 직접 눈으로 확인하기 전까지는 생사람 잡지 말아야지 싶었다.

훅과 내가 밤참을 다 먹어 갈 때쯤 손님들이 들이닥쳤다. 자정을 넘긴 시간인데 계산대 앞에 줄이 생길 정도였다. 손님들은 약속이나 한 듯이 일제히 긴 탁자에 자리를 잡고 앉았다. 나중에 들어온 여자 손님 두 명이 자리가 없어 당황하기에 창고 안에 처박아 뒀던 의자 두 개를 꺼내 와야 했다. 그 바람에 라면 먹던 사람들이 전부 일어나 의자 간격을 좁혀 주었다. 그렇게 한 자리씩 차지하고 앉은 한밤의 손님들은 창밖을 내다보면서 라면이나 우동을 먹었다. 어쩌면 훅과 내가 나란히 앉아 밤참 먹는 모습을 보고 들어왔을지도 모른다는 싱거운 생각이 들었다.

후루룩후루룩.

편의점 안이 라면 먹는 소리와 열기로 꽉 찼다. 정말 이상한 밤이었다.

혹도 가고, 손님들도 빠져나갔다. 환기나 한번 하려고 출입문을 열었다.

쐐액— 찬바람이 들이닥쳤다. 아무리 십몇 년 만의 강추위라지만 이건 좀 너무하다 싶었다.

문을 닫으려는데 어두운 도로 저편에서 스쿠터 한 대가 달려 나오는 게 보였다. 검은색 점퍼와 가죽 마스크. 잠수경 같은 바람막이 고글. 검은 스쿠터.

혹인가?

스쿠터는 순식간에 사거리 쪽으로 빨려 들어가 버렸다.

딸랑.

문을 닫고 안으로 들어왔다.

새벽 1시부터 4시까지는 거의 손님이 없었다. 혼자 견뎌야 하는 밤의 흑점이었다. 이 시간을 견디려면 일을 만들어서라도 해야 한다. 청소도 하고, 물건 정리와 재고 조사도 하고, 주문할 물품 목록도 이 시간에 뽑았다. 그래도 가끔은 손님이 좀 들어왔으면 좋겠다 싶었다. 매상 때문이 아니다. 고요한 편의점을 혼자 지키고 있으면

이 세상에 남겨진 마지막 사람처럼 막막할 때가 있다.

날이 밝으면 거기 가 볼까, 하는 생각이 들었다. 수지가 있을지도 모르는 곳. 수지 할머니가 산다는 동네. 그곳에 가 볼까? 가서 그 동네를 한 바퀴 돌면, 수지가 내 스쿠터 소리를 알아듣고 나와 볼지도 모르는데.

하지만 다른 생각이 나를 막았다. 수지는 그곳에 없을지도 모른다. 팔 개월 전에 들은 소식이니 지금은 그곳을 떠났을 수도 있다.

밤은 길고 깊었다. 날이 밝은 뒤에도 역시 수지가 있는 쪽으로 가지 못했다.

6

라디오에서 뉴스가 나오고 있었다. 제트 기류가 약해져 한반도까지 찬 공기가 밀려 내려오는 통에 시베리아 한파가 극성이라는 소리를 들으면서 개방 냉장고를 정리했다.

딸그랑.

슬며시 문이 열렸다. 며칠 전 소주를 사 갔던 그 여자아이였다. 새벽 2시를 바라보는 시간이었다.

"조금만 있다 가도 되지?"

여자애가 물었다.

"뭐?"

여자애는 내 반응엔 아랑곳없이 몸으로 문을 밀고 밖을 내다보면서 외쳤다.

"엄마, 된대!"

그러자 지난번 그 늙은 아줌마가 문 안으로 들어섰다. 둘 다 옷을 잔뜩 껴입은 차림이었다. 여자애가 늙은 아줌마를 의자에 데려가 앉히고 종이컵에 뜨거운 물을 받아 탁자 위에 올려 주었다. 여자애는 두리번거리거나 망설임 없이 움직였다. 처음 해 보는 일이아닌 것 같았다.

"아저씨 어디 갔어?"

여자애가 편의점 안을 둘러보면서 물었다.

"그건 왜?"

"아저씨가 안 보여서."

"아버지 보려면 아침에 오면 돼."

"아, 오빠는 아저씨 아들이구나."

"뭐?"

"우리 내쫓지 마. 아침까지 여기 있어야 하니까."

생각해 보지도 않은 말을 여자애가 하는 통에 내가 도리어 놀라서 받아쳤다.

"내가 왜 내쫓아!"

"아무것도 안 사 먹을 거니까."

여자애가 웃는 듯 우는 듯 미간을 약간 찡그렸는데 미안하다는뜻인 것 같았다. 내가 아무 말도 하지 않자 여자애가 말했다.

"우리, 거지는 아니야. 오늘은 아무것도 안 살 거라는 거지."

내가 여자애를 건너다보다가 한마디 던졌다.

"그러면 누가 들어오는지나 좀 봐. 난 창고 정리해야 하니까."

내 말에 여자애 얼굴이 조금 밝아졌다. 나는 주류 냉장고와 개방 냉장고 사이에 있는 창고 입구에 막 발을 들여놓으려다가 뒤돌아보면서 물었다.

"너 이름 뭐냐?"

"그건 왜?"

"뭐라고 불러야 할 거 아냐."

그러자 여자애가 다시 미간에 주름 세 줄을 긋고 나를 보며 답했다.

"수지."

"뭐?"

내가 뒤돌아섰다.

"두 번 말해야 돼?"

여자애가 툴툴거리면서 다시 알렸다.

"진수지."

"성이 진이고, 이름이 수지냐?"

내가 천천히 물었다.

"왜? 아는 사람 이름이랑 똑같아?"

여자애를 멍하니 바라보고 있다가 맥 빠진 목소리로 말했다.

"성이 다르다."

"그 사람은 성이 뭔데?"

"그건 몰라도 된다."

"쳇, 요즘은 어딜 가나 수지가 한 명씩은 있다니까."

여자애가 당돌하게 목소리를 높였다.

"그리고 난 그냥 수지가 아니고 길게 수우——지라고 불러야 돼!"

"내가 아는 수지는 꼬마 아니고 어른이다."

한마디 던지자 여자애도 지지 않았다.

"그럼 날 꼬마 수지라고 부르면 되겠네."

"그러자."

순순히 답하고 창고 안으로 들어가려는데 꼬마 수지가 말했다.

"난 2번 수지였던 적도 있어."

"왜?"

"왜긴. 같은 반에 수지가 두 명 있어서지."

수지라니. 한 반에 수지가 두 명인 적도 있었다니. 그런데 나는 그 이름이 흔한 이름이고, 아무나 쓸 수 있는 이름이라고 생각지도 못하다니. 그럼 이 세상에 수지라는 이름을 쓰는 사람이 한 명뿐이라고 생각했었나? 진땀이 났다.

창고 안으로 들어서면서 생각했다. 손님도 없는 시간인데 저 두 사람이 머무른다고 해서 문제 될 건 없다. 아마도 추위를 피해 편의점 안에 들어왔을 것이다. 어쨌든 편의점은 겨울에는 따뜻하고 여름에는 시원하니까.

창고를 대충 정리하고 진열할 물품 두 박스를 안고 나왔다. 아줌마는 탁자에 엎드려 있었다. 수지는 과자 진열대 앞에 서서 뭔가를 하고 있었다. 가만히 보니 흐트러진 과자들을 종류별로 정리하는 중이었다. 원래 물건을 정리할 때는 목장갑을 껴야 한다. 박스에서 새로 꺼낸 과자들도 만지다 보면 손이 더러워지고 긁히기 마련이다. 나는 목장갑 하나를 꼬마 수지한테 던져 줄까 하다가 그만두었다. 일을 시키려고 편의점에 있는 걸 봐주는 건 아니니까.

"오빤 몇 살이야?"

감자칩 박스를 내려놓는 나를 향해 꼬마 수지가 물었다.

"넌?"

내가 되물었다.

"몇 살로 보여?"

나는 박스 테이프를 주욱 뜯어내면서 말했다.

"아홉 살쯤 됐나?"

"열한 살이야!"

내 말이 떨어지기 무섭게 꼬마 수지가 톡 쏘는 말투로 대꾸했다. 그러곤 다시 내 나이를 물었다.

"오빠는?"

"열여덟."

"흠."

"흠은 또 뭐냐?"

"열여덟 살이면 편의점에서 알바할 수 있어?"

"경우에 따라 다르다."

"원래는 안 된다는 거네?"

"그래."

"그럼 오빠는 불법으로 하는 거야?"

"뭐?"

꼬마 입에서 튀어나온 불법이라는 말 때문에 불쑥 목소리가 커졌다. 꼬마 수지가 나를 빤히 올려다보았다. 큰 소리 때문에 겁먹었나 생각하는 순간 꼬마 수지가 피식 웃으면서 말했다.

"다른 가게 알바들은 의심이 많아. 우리가 좀 쉬려고 하면 뭐라도 훔쳐 가려는 줄 알아."

"다른 가게에서도 이런 적 있냐?"

내가 물었다.

"그럼 여기가 처음인 줄 알았어?"

꼬마 수지가 또 톡 쏘아붙였다. 어안이 벙벙해져서 입을 다물고 가만히 있을 수밖에 없었다.

"아저씨는 우리가 와 있으면 도시락도 주고 달걀도 줬어. 유통기한 지난 것도 괜찮아. 그런 거 먹어도 아무 탈 없어. 아저씨도 같이 먹고 그랬는걸."

"우리 아버지 말하는 거냐?"

"그럼 누구겠어!"

나는 개방 냉장고 앞으로 가서 유통 기한을 점검했다. 새우튀김 도시락과 돈가스 도시락의 유통 기한이 막 지나 있었다. 도시락 두 개를 포개 들고 오는 나를 보면서 꼬마 수지가 미간을 살짝 찌푸리며 웃었다.

"엄마, 엄마."

꼬마 수지가 아기를 달래듯이 아줌마를 깨웠다. 그러자 아줌마가 서서히 윗몸을 일으켰다. 아까와는 달리 얼굴에 붉은 기운이 돌았다. 추위에 얼었다가 녹은 얼굴빛이었다. 그런데 뭔가 이상하기는 했다. 나와 눈을 맞추지 않아서 그런지도 몰랐다. 아줌마는 오직 꼬마 수지하고만 눈을 맞췄다. 내가 아줌마를 살펴보는 걸 눈치 챘는지 꼬마 수지가 말했다.

"우리 엄마는 요즘 좀 아파."

"어디 다치셨어?"

"다친 거 아니야. 그리고 옮는 병 아니니까 걱정 마!"

하여간 꼬마 수지와 말할 때는 긴장해야 한다. 언제 화를 낼지 모른다.

꼬마 수지가 아줌마 앞에 도시락을 열어 놓고 뜨거운 물도 더 받아 주었다. 그러곤 자기도 의자에 올라앉았다. 나무젓가락을 쪼개다가 나를 돌아보고 물었다.

"오빤 안 먹어?"

"난 좀 전에 먹었다."

꼬마 수지가 웃는가 싶더니 이랬다.

"오빠 문제아지?"

"그건 무슨 소리냐."

"문제아면 어때, 바보만 아니면 되지 뭐."

"바보라니?"

"세상은 모르고 사기나 당하면 바본 거야!"

"……."

"우리 아빠 말이야."

"아빠가 있냐?"

그 순간 꼬마 수지가 발끝으로 탁자 다리를 탁 찼다. 내가 묻지 말아야 할 것을 물은 거였다. 만일 거기서 한마디만 더 하면 아줌마를 데리고 나가 버릴 것 같았다. 나는 입을 닫고 빈 박스를 접어 납작하게 발로 밟은 뒤 창고 안에 던져 넣었다.

금방 나가 버릴 것처럼 화를 냈지만, 꼬마 수지는 잠자코 앉아서 쪼갠 나무젓가락을 자기 엄마 손에 쥐여 주었다. 젓가락을 받아 든 아줌마 표정은 약간 복잡했다. 그런 표정은 처음이었다. 그건 슬픔이나 분노 같은 게 아니었다. 말로는 함부로 설명할 수 없는 표정이었다.

나는 쩔쩔맸다. 꼬마 수지와 아줌마를 안 보는 척 애썼다. 절룩거리는 수지 다리를 못 보는 척 애썼던 것처럼. 정작 수지 본인들은 아무렇지도 않았지만 그런 게 나를 더 쩔쩔매게 한다. 나를 제일 쩔쩔매게 하는 게 바로 자기 흉한 꼴을 아무렇지도 않게 드러내 놓는 사람들이다.

둘이 도시락을 다 먹을 때까지 하지 않아도 될 일까지 만들어서 하느라 힘 좀 뺐다. 내일 아침에 팔 물건들을 창고에서 꺼내 미리 통로에 가져다 놓기까지 했다. 아침에는 주로 뜨거운 캔 커피와 샌드위치, 호빵, 바나나 우유, 크루아상 같은 게 잘 팔리고 에너지 음료 대신 숙취 해소용 음료가 많이 나갔다. 감기약이나 뜨거운 쌍화탕도 준비해 둬야 했다.

무장아찌 하나 남기지 않고 깨끗하게 비운 도시락 두 개를 포개한쪽으로 얌전하게 밀어 놓고 아줌마와 꼬마 수지가 엎드려 있었다. 잠든 건가? 건너다보았다. 손님도 없는 시간인데 잠 좀 자면 어떤가.

새벽 5시가 넘어가면서 밖에 사람이 한둘 보이기 시작했다.
딸랑.
마침내 새벽 첫 손님이 들어서자 꼬마 수지가 몸을 일으켰다. 억지로 눈을 비비며 곁에 있는 자기 엄마부터 확인했다.

둘은 천천히 높은 의자에서 내려와 편의점을 나갔다. 고맙다는 말 같은 건 없었다. 인사 역시 없었다. 나 또한 그 둘이 나가는 걸 모른 체했다.

하지만 출입문에 매달린 쇠 종 소리가 멈추기 무섭게 문 앞에 바싹 다가서서 둘이 어느 쪽으로 가는지 살폈다.

6시가 조금 넘자 외할아버지가 왔다.

"뭐하러 이렇게 일찍 나와요."

아무렇지 않은 척하지만 요즘 외할아버지가 힘들 건 뻔하다. 겨울이기도 하고, 편의점 일이며 집 문제를 신경 써야 하니 힘들 것이다. 외할아버지는 구지구의 우리 집 자리에 원룸 건물이나 상가 건물을 올리고 싶어 했다. 온 동네가 이런저런 공사로 정신이 다 사나울 지경이지만, 정신 사나운 건 사나운 거고, 우리만 가만히 있으면 새 건물들 사이에 짓눌린 낡은 집이 되고 말 것이다. 그래서 고민이 이만저만 아니었다.

"그놈의 집 문제만 마무리되면……."

"되면요?"

계산대를 정산하면서 되물었다.

"넌 여기 그만 나와야지."

"이것도 안 하면 뭐 하게요."

"다시 학교 가야지."

"학교 가도 밤엔 내가 편의점 지킬 건데요."

"장사에 재미 붙이면 못써. 그 나이 땐 공부에 재미 붙여야지."

“공부하는 애들 부지기순데 나까지 뭐하러 거기 끼어요. 전 이 정도면 됐어요.”

“사내가 세상 욕심을 부려야지.”

“욕심 없어요.”

내가 딱 잘라 말하자 외할아버지는 입을 굳게 다물어 버렸다. 날 더 채근해 봤자 나올 대답이 뻔하다는 걸 외할아버지도 안다.

“갈게요. 무슨 일 있으면 전화하세요.”

“차 잘 보고 다녀!”

“예.”

문을 밀고 밖에 나와 섰다. 아직 어둠이 물러가려면 더 있어야 했다. 데크 난간에 묶어 둔 스쿠터의 자물쇠를 풀고 방한 시트를 벗겨 의자 안에 쑤셔 넣었다. 춥긴 추운 날이었다. 그 잠깐 사이 손가락이 뻣뻣해졌다. 스쿠터에 앉아 하늘을 잠깐 올려다보았다. 시동을 걸면서 중얼거렸다.

‘삼호 연립에나 가 보자.’

*

이제 삼호 연립에는 사람이 살지 않는다. 동네 길고양이들이나 들락거리는 무인 구역이 되었다. 곧 철거가 시작되면 고양이들도 떠날 것이다.

밤이면 수지를 태우러 들락거리던 마당에는 온갖 쓰레기들이 가득 들어차 있다. 쓰레기들 사이로 스쿠터를 세웠다. 알루미늄 문짝마저 떨어져 나간 현관 저 밑은 무시무시할 정도로 어두울 것이다. 고래의 염통 속이 저럴까. 대낮에도 전등을 밝혀야 하는 어두운 지하 굴에서 수지가 살았다.

"뭘 보냐!"

수지가 인사랍시고 한마디 던지며 걸어 나오던 계단. 모서리가 다 떨어져 나간 그 계단에 걸터앉아 수지와 듣던 음악을 생각했다. 나는 음악 같은 건 잘 모르고, 책에도 취미를 못 붙였지만 수지는 음악이며 영화며 책에 대해 많이 알았다. 학교도 안 다니고 매일 지하 굴에 틀어박혀 할 일이 뭐 있겠나. 더럽게 안 가는 시간과 지독한 눅눅함, 거기서 벗어날 수 없는 저주받은 인생을 견디려면 그런 거에라도 취미를 붙여야지. 알면서도 나는 무식하게 내뱉곤 했다.

"그런 걸 어디다 써먹냐."

내가 한마디 던지면

"넌 꼭 어디 써먹으려고 뭘 하니?"

수지가 쏘아붙였다.

그럴 때면 나는 속으로 생각했다. 수지가 아무리 이 세상에 대해 많이 알고 걱정하고 생각한다 해도 이 세상은 수지 따위는 눈곱만큼도 상관하지 않을 거다. 만일 이 세상의 음악이나 영화나 책에 대해 알고 있는 만큼 돈이 주어진다면 수지네는 신지구에 아파트를 살 수도 있었을 텐데. 하지만 수지네는 구지구 같은 쓰레기 동네에서조차 햇빛이 드는 깨끗한 방 한 칸 가질 수 없었다. 그러니 수지가 아는 것들은 아무짝에도 쓸모없는 게 맞다.

수지는 유치원 다닐 때부터 구지구에 살았다. 수지가 초등학생일 때만 해도 수지네 집은 삼호 연립 2층이었다. 그런데 수지네 아버지가 사고로 다쳐 병원에 입원해 있다가 결국 돌아가셨다. 그러고 난 후 지하층으로 옮겼다. 수지가 중학교를 그만둔 건 지하층으로 옮긴 다음이었다.

'가야겠다.'

발밑에서 나뒹굴던 장난감 조각을 발로 차 던지고 일어섰다. 스쿠터에 올라타 열쇠를 돌렸다.

모르긴 해도 이 구지구에서 수지를 그리워하는 건 이 검정 스쿠터와 나뿐일 것이다. 누가 수지 같은 걸 기억이나 할까. 당장 우리 외할머니만 해도 '수지'라는 이름을 못 알아듣는데.

'다리 저는 애'라고 해야 알아듣는데.

부앙—

7

밤 11시를 넘어서면 도시락 진열대를 확인했다. 꼬마 수지가 좋아하는 돈가스 도시락이나 불고기 도시락이 남아 있으면 마음이 놓였다. 어쩌다 마지막 남은 돈가스 도시락을 사 가는 사람은 나한테 미움받는다.

딸랑.

캣맘 아줌마였다. 한파 때문인지 귀마개 모자를 빈틈없이 눌러 쓰고 방한 마스크까지 했다.

"오늘 춥죠."

"이 추위에 속까지 비면 애들 얼어 죽어. 안 그래도 겨울엔 많이들 무지개다리를 건너."

아줌마가 뜨거운 캔 커피를 손에 쥐고 변명처럼 중얼거렸다. 조금 전 내 말 속에 이렇게 추운 날까지 고양이들 밥 주러 다니는 거냐는 핀잔이 담겨 있다고 생각한 모양이다.

"어디 어디 다녀요?"

내가 물었다.

"난 얼마 안 다녀. 신지구 전체를 도는 사람도 있는데 뭘. 난 여기 원룸 쪽하고 구지구만 다녀."

"구지구도 가요?"

"응. 왜?"

"저 구지구 사는데, 한 번도 못 봐서요."

"난 학생 본 적 있는데. 삼호 연립에 잘 갔잖아."

캣맘 아줌마가 삼호 연립을 알다니 뜻밖이었다.

"삼호 연립을 아세요?"

"알지."

"거기 살았습니까?"

"아는 사람이 거기 잠시 살았지."

"그럼 혹시 지하층에 살던 사람들도 아세요?"

"지하층?"

"부업 공장요. 그 집에 수지라고 살았는데……."

"수지?"

"다리 저는 여자애요. 좀 절뚝거려요. 부업 공장 아줌마 딸이고요……."

"아, 한밤중에 학생이랑 같이 스쿠터 타고 다니던?"

"봤어요?"

그렇게 묻고 나서 나도 모르게 깜짝 놀랐다. 나는 뭘 감추고 싶은 건가, 뭘 알고 싶은 건가. 그 짧은 순간에 나는 지난 팔 개월 동안 수지가 어디 있을지 짐작하면서도 모른 체한 이유를, 찾아가지 못한 까닭을 불쑥 알아차렸다. 나는 수지가 창피했던 것이다.

등줄기에서부터 열이 달아올라 얼굴까지 뜨거워졌다. 그런 나를 캣맘 아줌마가 쳐다보고 있다가 물었다.

"왜…… 연락이 안 돼?"

나는 겨우 대답했다.

"네…… 그렇게 됐어요."

"저런, 놓쳤구나. 그 집 소식은 나도 몰라."

뭔가 변명을 해야겠다는 생각이 들었지만, 막상 입이 떨어지지 않았다.

"그럼 난 간다. 수고!"

아줌마가 빈 캔을 쓰레기통에 던져 넣으면서 눈을 찡끗했다.

딸랑.

꼬마 수지가 얼굴 먼저 들이밀고 안을 살폈다.

"들어와라."

알은체하자 자기 엄마를 향해 손짓했다.

오늘따라 둘 다 유독 꾀죄죄해 보였다. 날이 너무 추워서인가? 추울 때는 아무리 예쁘게 생긴 사람도 이상해 보이기 마련이다. 전에 수지도 마계 건물 꼭대기 층에 서서 덜덜 떠는 꼴이 불쌍한 강아지 같아 보였다. 그럴 때는 독한 말을 쏘아붙여도 하나도 독하지 않게 들렸다.

꼬마 수지가 나와 눈이 마주치자 물었다.

"여기 화장실 있어?"

"저 창고로 들어가서 뒷문 열고 나가. 돌아올 때 뒷문 잠그는 거 잊지 말고."

"더운물도 나와?"

"왜?"

"씻게. 우리 집 보일러 고장 났거든."

꼬마 수지가 미간을 찌푸리며 말했다. 이 겨울에 보일러가 말썽인가? 하긴 이 구역 원룸들은 날림 공사가 많아서 보일러 고장이 잦다고 들었다. 건물 상태에 관해서는 공사장에서 일하는 아저씨들이 가장 잘 안다. 아저씨들이 편의점에 와서 하는 이야기만 잘 들어도 어떤 원룸에 무슨 문제가 있는지 대략 알 정도다. 공사장 아저씨들 말에 따르면 여기 원룸은 죄다 '몹쓸 집'들이었다.

말갛게 씻은 꼬마 수지가 자기 엄마 손을 붙잡고 창고에서 나왔다. 그 얼굴을 보는 순간 생각나는 게 있었다.

"로션 줄까?"

"있어?"

"샘플 많다."

전에 편의점 옆 화장품 가게 누나들이 준 로션 샘플을 봉지째 꺼내 놓았다. 그러자 꼬마 수지가 그 안을 잠깐 들여다보더니 로션을 몇 개만 꺼내고 봉지는 도로 내밀었다.

"난 필요 없다. 너 다 가져라."

내 말에 꼬마 수지가 화장품을 다시 받아들면서 쏘아붙였다.

"어차피 이건 다 여자 거잖아. 오빤 남자 화장품 써야 돼."

뭘 줘도 고마워하지 않는 건 수지나 꼬마 수지나 같았다. 전에 수지는 사람들한테 동정받을 때 기분이 가장 더럽다고 했다. 특히 뭘 주면서 생색내는 꼴을 견디는 건 정말 '그지 같다'고 했다. 그래서 수지는 누가 뭘 주든 고맙다는 말을 절대 하지 않을 거라고, 정말로 고마운 마음이 들게 하는 사람한테는 고맙다고 생각할 뿐이라고 했다.

꼬마 수지가 로션을 덜어 자기 얼굴에도 바르고 아줌마 얼굴에도 발라 주는 모습을 멍하니 바라보고 있었다. 꼬마 수지는 아줌마 배낭을 뒤적여 로션 봉지를 쑤셔 넣고 그 대신 뭔가를 꺼냈다. 스테인리스 컵이었다. 컵에 뜨거운 물을 받아 긴 탁자 끄트머리에 올리고 나를 돌아보았다.

그때서야 나는 정신을 차리고 움직였다. 개방 냉장고 앞으로 달려가 한쪽 구석에 밀어 둔 도시락을 꺼내 두 사람 앞에 각각 하나씩 내려놓았다. 꼬마 수지가 도시락 두 개를 잠시 내려다보더니 자기 것과 엄마 것을 바꿨다.

"엄마는 돈가스 안 좋아해."

그 순간 문득 꼬마 수지도 어린애라는 걸 알았다. 어른처럼 굴고 있지만 아직 돈가스를 좋아하는 아이에 불과했다. 꼬마 수지가 도시락 뚜껑을 열다 말고 물었다.

"오빠 안 먹어?"

이렇게 물을 때 보면 또 어른 같다.

"먹으려고."

나도 출출했다. 서둘러 컵라면에 물을 붓고 유통 기한이 간당간당한 김밥을 골라 의자를 빼내 앉았다. 셋이 나란히 창밖을 보며 밤참을 먹고 있자니 우리가 서로 알게 된 지 수천 년은 된 사이 같았다. 뭔가 끈덕지게 이어져 온 인연 같았다.

후식으로 찹쌀떡 아이스크림을 하나씩 해치우는 중이었다.

"난 빨리 열여덟 살이 되고 싶어."

꼬마 수지가 중얼거렸다.

"왜?"

"알바할 수 있으니까."

"돈 벌고 싶냐?"

"응. 내가 돈 벌면 다음 달에 집에서 쫓겨나지 않아도 돼."

"그건 또 무슨 말이냐?"

"월세를 못 내서 나가야 돼. 보증금 맡겨 둔 걸 다 까먹어서 다음 달까지만 살 수 있대. 그때까지 아빠가 안 오면……."

"아빠는 어디 갔는데?"

"중국."

"거긴 왜?"

"사기꾼 잡으러."

"사기꾼?"

"응. 사기꾼 잡는 건 두 번째 일이고, 첫 번째 일은 돈 벌러 간 거야."

"그런데 아빠가 돈 안 보내 주냐?"

묻자마자 후회했지만 이왕 뱉은 말이니 아무렇지 않은 척했다. 꼬마 수지는 답이 없었다. 뭐라고 한마디 쏘아붙이면 속이나 시원할 텐데. 그런데 꼬마 수지는 생각이 어디 먼 데 가 있는 것 같았다. "만약에"라고 입 속에 든 말을 잠깐 우물거리다가 불쑥 나를 쳐다보면서 말했다.

"만약에, 아빠한테 무슨 일이 생겼으면…… 그래서 못 오는 거면 어쩌지?"

그건 내가 답할 수 있는 문제가 아니었다. 그 대신 전에 어디선가 들었던 말을 해 주었다.

"나쁜 생각은 가장 마지막에 하는 게 좋다."

"마지막에?"

"마지막에도 그냥 생각이나 한번 해 보는 거다. 그러고 나서는 나쁜 생각에 매달리지 말고 빨리 털어 버리는 게 좋고."

"그렇게 하는 게 좋은 거래?"

"그래."

"오빠도 그런 적 있어?"

"난 매일 그런다."

"그래도 오빠는 마지막은 아니잖아. 알바도 할 수 있고, 아저씨도 있으니까 쉽게 말하는 거지."

"알바하고 싶냐?"

"어디 자리 있대?"

꼬마 수지가 또 어른처럼 말해서 마음이 좀 그랬다. 알바 자리 찾으러 오는 또래 녀석들을 대할 때 기분은 저리 가라 할 정도로 마음이 어둡게 가라앉았다.

"여기서 밤에 편의점 지키는 일 해라."

"그럼 오빠는?"

"나랑 같이."

"나 때문에 오빠가 받을 돈이 주는 건 아니고?"

"아니다. 어차피 알바 한 명 더 구하려고 했다. 밤에 편의점 지키는 일, 이거 혼자 하기 힘든 일이다."

불쑥 그렇게 말해 놓고 나서 뒷감당을 생각했다. 하지만 복잡한 일은 간단하게 생각해야 풀린다. 외할아버지도 꼬마 수지를 알고 있으니 허락받기 쉬울 것이다.

"난 좋아."

"그 대신."

"그 대신 뭐?"

꼬마 수지가 나를 빤히 쳐다보았다.

"네가 여기서 알바하는 건 비밀이다. 너는 아직 알바할 수 있는 나이가 아니다. 열한 살에 알바하는 건……."

"불법이지?"

"그래, 불법이다."

"열한 살짜리도 필요하면 돈을 벌어야 하는데 왜 못 하게 해?"

"그건…… 어린애들을 위해서지."

"얼어 죽는데도 위하는 거야?"

"얼어 죽다니?"

"관리비를 안 내서 보일러가 고장 나도 안 고쳐 줘!"

나는 잠시 꼬마 수지를 바라보았다. 꼬마 수지는 언제 목소리를 높였냐는 듯 다시 어른처럼 말했다.

"하지만 낮에는 견딜 만해. 낮에는 가 있을 곳이 많거든. 깨끗하게 입고 가면 아무도 뭐라 안 해. 밤이 문제야. 밤에는 가 있을 데가 없어. 다 문 닫잖아."

"그럼 알바 자리 잘 구한 거네."

"응. 근데……."

"왜."

"알바하면 주는 돈 말이야. 그거 매일 아침마다 줘."

"알바비는 한 달씩 계산해서 주는 거다."

"그건 안 돼!"

꼬마 수지가 소리를 버럭 질렀다.

"엄마랑 나는 찜질방 갈 돈이 필요해. 낮에도 집은 엄청나게 추워. 오빠도 한번 가 있어 보면 알 거야."

"그럼 너한테만 특별히 그렇게 해 주긴 하는데…… 그것도 비밀이다."

"알았어…… 아저씨한테 잘 말해. 쫓겨나지 않게."

"그건 내가 알아서 한다."

꼬마 수지 표정이 여태 본 모습 중 가장 의기양양했다. 그 모습을 보니 나도 기분이 좋아졌다.

8

꼬마 수지가 알바 직원이 되었다고 해서 달라진 건 없었다. 달라진 거라면 꼬마 수지 엄마가 편의점 창고에 있는 접이식 의자를 애용한다는 정도였다. 그 접이식 의자는 외할아버지가 신지구 아파트 단지에서 주워 온 거였다. 외할아버지 친구가 신지구 아파트 단지에서 경비로 일하는데, 거기서는 매일 새 물건들이 버려진다고 했다. 우리한테는 새 물건이지만 그 사람들한테는 헌 물건이었다.

"그런 걸 시차라고 하는 거야."

알바 누나가 말했다.

"시차요?"

"사람들이 세계를 느끼는 시간이 모두 똑같지 않다는 말이야.

예전에는 그 시차가 아주 컸고, 요즘은 점점 줄어들어서 거의 비슷해지긴 했지만, 그래도 개인과 개인, 나라와 나라, 이곳과 저곳 사이의 시차는 여전히 존재해. 장사꾼들은 그 시차가 사라지길 원하고 있지만."

"장사꾼들이라니요?"

"이를테면, 스타벅스 같은 거."

"어째서요?"

"스타벅스 커피를 여기 신지구에서도 마실 수 있고 저기 이스탄불에서도 마실 수 있다는 건, 여기 신지구와 저기 이스탄불의 시차가 없다는 거지. 그건 시대를 느끼는 감각이 똑같다는 거야. 하지만……."

"……."

"같은 스타벅스 커피를 마시고 있다 해도 사람들이 각자 느끼고 반응하는 감각은 여전히 다를 수밖에 없어. 아니, 어쩌면 역으로 말해, 같아진 시간을 통해 절대 같지 않은 불평등의 시차를 발견하게 될지도 모르지."

"음, 어떻게요?"

"너랑 나는 똑같은 상표의 커피를 마시는데, 나는 왜 이렇게 살수밖에 없고, 너는 어째서 그렇게 살 수 있는 거지? 이걸 자각하게 되는 거야."

"자각하면요?"

"글쎄, 자각하면 의견을 갖게 되고, 의견이 생기면 화가 나겠지. 이 세상에 대해서 말이야. 그러면 움직일 수도 있지 않을까?"

"움직여요? 어떻게요?"

"바꾸려 들겠지. 자신을 그리고 세상을."

알 듯도 하고 모를 듯도 한 이야기였다. 아무튼 그 시차의 물건인 접이식 의자는 꼬마 수지 엄마가 잘 쓰고 있었다.

*

미나가 반숙 달걀과 옥수수 샐러드를 골라 왔다. 별생각 없이 바코드를 삑삑 찍고 있는데 미나가 난데없이 말을 건넸다.

"넌 맘 편하겠다."

"무슨 일 있냐?"

물었다. 미나가 혼잣말하듯이 중얼거렸다.

"아무리 해도 다른 애들은 나보다 더 한다는 거잖아. 도대체 이보다 어떻게 더 한다는 거지?"

"모의고사 봤냐?"

"난 내신은 좀 되는데, 모의고사 성적은 정말 안 나와."

미나 내신이 좀 된다는 건 나도 알고 있었다. 그리고 미나뿐 아니라 다른 애들이 대체로 성적에 관해 엄살이 좀 있다는 것도 알았다. 미나 말에 잘못 대꾸했다가는 괜히 한 소리 듣게 생겨서 입을 꾹 다물고 있었다. 그랬더니 미나가 말을 이었다.

"나도 편의점 알바나 할까 봐."

"뭐?"

"적어도 성적 비관은 안 할 거잖아."

"이건 쉬운 줄 아냐!"

나도 모르게 버럭 목소리가 커졌다. 그러자 미나가 이런 반응을 짐작했다는 듯이 슬며시 웃으면서 자세를 바로잡았다. 여자애들 마음은 정말 알 수가 없다. 무슨 영문인지 모르겠지만 내가 버럭한 덕분에 미나 기분이 조금 나아졌다는 건 알겠다. 다행이라고 해야 하나? 하지만 내가 좋아해야 할 상황인지는 모르겠다.

이번엔 미나가 꼬마 수지를 보면서 소리 없이 '누구야?' 입을 뻥긋하며 물었다. 나는 꼬마 수지가 알아볼 수 없도록 몰래 손을 내저었다. 신경 쓰지 말라는 뜻이었다. 어쨌든 미나는 뭔가 후련해진 목소리로 내질렀다.

"나 간다!"

미나가 나가자 꼬마 수지가 다가와 속삭였다.

"나 저 언니 알아. 저기 원룸에 사는 언니야."

"같은 원룸에 사냐?"

"아니, 바로 앞 원룸이야. 그런데…… 저 언니 어떤 오빠랑 같이 살아."

"같이 사는 건 아닐 테고, 근처에 사는 거겠지."

"아니야, 같이 살아. 내가 봤어!"

꼬마 수지가 나를 빤히 올려다보면서 쏘아붙였다. 단순히 꼬마 수지의 오해일 수도 있지만, 그 말은 약간 위험했다. 둘 다 고등학생인데 같이 산다니. 죄는 아니지만 소문이 나면 곤란해질 게 분명하다.

"그 말, 딴 사람한테는 하지 마라."

"왜?"

"학교에서 알면 쫓겨날지도 모른다."

겁을 좀 줬다.

"같이 사는데 왜 학교에서 쫓겨나? 그게 죄야?"

"죄는 아니고 규칙 위반일 거다. 공부해야 하는 나이니까……."

"오빠도 공부 안 하고 돈 벌잖아."

"난 학교 안 다니지. 그리고 집안일 돕는 거고. 아무튼, 다른 사람들한테는 말하지 마라."

"비밀이야?"

"그래."

"그러지 뭐."

꼬마 수지가 별일도 아니라는 듯 창가 쪽 높은 의자에 다시 올라앉았다. 긴 탁자에 두 팔을 다 올리고 손으로 턱을 받치고 앉아 무슨 생각을 하는지 한참이나 꼼짝하지 않았다.

9

혹은 오늘도 안 올 건가. 공연히 자꾸 밖을 내다보게 되었다. 사거리 영화관 쪽에 편의점이 새로 생겼다는데 거기로 갔나, 그런 생각을 할 때였다.

"오빠, 저기 봐!"

꼬마 수지가 소리치면서 유리문을 밀고 나갔다. 나도 데크에 나가 섰다.

불이었다. 가로수 옆에서 불이 치솟고 있었다.

"쓰레기통이야."

꼬마 수지 말이 맞는 것 같았다. 불은 번지지 않고 통 속에서만 타오르다가 사그라들었다. 누가 담배꽁초를 쓰레기통 안에 던져 넣은 게 분명했다.

"누가 일부러 불붙였나 봐."

꼬마 수지가 중얼거렸다.

"일부러는 아닐 거다."

"오빠가 어떻게 알아?"

"쓰레기통에 뭐하러 불을 붙이겠냐."

말은 그렇게 했지만, 저주의 편지인지 뭔지가 떠올랐다. 꼬마 수지가 갑자기 아무 말 하지 않기로 결심이라도 한 듯 입을 꾹 다물었다. 그러곤 다시 의자에 가서 올라앉았다. 턱을 괸 채 한참 밖을 내다보던 꼬마 수지가 불쑥 나를 불렀다.

"오빠."

나는 물건 정리를 하면서 건성으로 대답했다.

"응."

"아까 그 불 말이야."

"응."

"어쩌면 신호일 수도 있어."

"신호라니?"

"그러니까, 두 사람만 아는 신호. 오늘 밤 상가 가로수 옆 쓰레기통에서 불이 나면 내가 너를 기다린다는 뜻이야, 그런 거."

"만화 너무 본 거 아니냐. 그건 무리 같다."

"무리?"

"그래. 사랑한다는 말을 하려고 불까지 지르다니 무리가 아니고 뭐냐."

나는 계산대 뒤쪽 담배 진열대에 담배를 채워 넣고 손을 탁탁 털었다. 그런데 꼬마 수지 목소리가 난데없이 퉁명스러워졌다.

"오빤 여자 친구 못 사귀어 봤지?"

허리를 펴고 일어서서 꼬마 수지 쪽으로 몸을 돌렸다. 그러자 꼬마 수지가 빈정대는 투로 말을 이었다.

"사귀어 봤어도 좋아하진 않았겠지."

"왜 그렇게 생각하냐?"

"겁내니까."

"겁내다니?"

"오빤 불을 겁내잖아!"

불을 겁내는 거랑 여자 친구 사귀어 본 게 무슨 상관인지 모르겠지만 꼬마 수지 장단에 맞춰 주는 기분으로 대답했다.

"겁내는 게 아니다."

"그럼 뭐야."

"여자 친구한테 마음 좀 전하자고 불 지르고 다니지는 않는다. 얼마 전에 저 사거리 건물에서 불이 나서……."

마계에 불난 이야기를 하려고 했는데 왠지 맥이 빠지고 말았다. 역시 마계는 사람 기를 죽인다.

"그래서?"

꼬마 수지가 동그란 눈으로 나를 건너다보면서 물었다. 다시 말할 기운이 좀 생겨났다.

"그 불 때문에 길고양이들이 놀랐을 거라고 걱정하는 사람도 있다. 그리고 얼마 전엔 누가 살아 있는 고양이한테 불을 붙였다."

그러자 꼬마 수지가 미간을 찌푸렸다.

"고양이한테? 그건 나쁜 짓이잖아! 그럼 그 불과 이 불은 다른 거야."

"불장난은 다 똑같다."

"오빠 바보 아니야?"

"뭐?"

"어떻게 다 같은 불이야?"

"그럼, 좋은 불과 나쁜 불로 구별하나?"

꼬마 수지가 잠시 생각하더니 말했다.

"신호인 불과 아닌 불."

나 역시 꼬마 수지처럼 잠시 생각했다. 저 조그만 아이의 속마음이 뭘까. 뭘 말하고 싶어서 불에 매달리는 건가.

"아빠한테 연락하고 싶어서 그러냐?"

"응."

"그럼 봉화를 올려야지."

"봉화?"

"옛날 사람들이 급한 신호를 보낼 때 올리던 불을 봉화라고 한다더라. 높은 산꼭대기에서 불을 피워서 멀리 있는 사람들한테 신호를 보내는 거다."

"정말? 그럼 여기서 제일 높은 건물 꼭대기에 올라가서 불을 피우면 중국에서도 보일까?"

"글쎄."

"하지만 아빠는 내가 높은 데서 불을 피워도 모를 거야. 아빠와 나는 불로 신호하자는 약속을 안 했거든."

"하긴 나도 그렇다."

"오빠도 신호 보내고 싶은 사람 있어?"

"있다."

"누구?"

"말해도 넌 모른다."

"쳇, 그럼 혼자 실컷 비밀로 해!"

꼬마 수지가 다시 턱을 괴고 창밖을 보기 시작했다. 자꾸 밖을 내다보는 걸 보니 생각할 게 많은 모양이었다.

*

가만히 있는 것보단 몸을 움직이는 게 훨씬 편하다. 그래서 음료 냉장고 대청소를 시작했다. 바구니를 갖다 놓고 음료수 캔을 하나씩 꺼내면서 생각했다. 수지와 나 사이에도 신호가 있었나? 있었다면 그건 배달 뛰느라 지쳐서 털털거리는 스쿠터 소리, 아니면 자정이라는 시간이었을 것이다. 자정이 가까워지면 나는 배달 스쿠터를 몰고 삼호 연립 주변을 한 바퀴 돌아 마당으로 들어갔다. 내가 도착했다는 것을 수지가 알아챌 수 있도록 지하 굴로 내려가는 현관 앞에 스쿠터를 세우고 붕붕거렸다. 그러면 수지가 지하 굴에서 올라왔다.

"잘 알아듣네."

내가 한마디 하면 수지가 답했다.

"이 스쿠턴 좀 털털거려."

수지는 눈은 멀고 귀만 커다란 귀신처럼 지하 굴에 웅크리고 앉아 자정이 되기를, 스쿠터 소리가 들리기를 기다렸을지 모른다. 잊지 않고 올라오는 걸 보면.

그런데도 수지는 기다렸다는 걸 들키지 않으려고 일부러 느릿느릿 걸어 나왔다.

"뭐 하냐."

재촉하면,

"유세하지 마!"

받아쳤다.

그런 수지가 나를 향해 신호를 보낸다면 어떤 것일까. 신호를 보낸다 해도 그걸 내가 알아차릴 수나 있을까. 꼬마 수지와 아빠처럼 수지와 나 사이에도 정해 둔 약속이 없다.

10

새벽 5시를 넘어서자 꼬마 수지가 엄마 손을 잡고 나섰다. 갈 준비를 하는 꼬마 수지를 향해 턱으로 개방 냉장고를 가리켰다.

어찌 된 일인지 꼬마 수지가 망설이고 있었다. 오늘따라 도시락 가져가는 게 미안해졌나, 아니면 나한테 양보라도 하려는 건가? 꼬마 수지 마음을 편하게 해 주려면 내가 너스레를 좀 떨어야 했다.

"난 집에 가면 먹기 싫어도 억지로 밥 먹어야 한다. 한 상 차려 놓고 기다리는 사람이 있거든."

하면서 고통스러운 듯 배를 움켜쥐었다.

"피이, 힘들게도 사네."

꼬마 수지가 입술을 비죽하면서 개방 냉장고 한구석에 미리 챙겨 둔 도시락 봉지를 들고 나섰다.

"아줌마, 이따가 봐요."

꼬마 수지한테 이끌려 문을 나서는 아줌마를 향해 인사했다. 그러자 아줌마가 내 눈을 쳐다보았다. 아줌마가 나와 눈을 맞추는 건 처음이었다. 아줌마는 아무렇지 않은 것 같았지만, 나는 좀 당황했다.

전에 그런 눈을 본 적이 있다.

어릴 때였다. 구지구에 미친 여자가 있었다. 생각해 보면 구지구에는 미친 사람도 많았다. 미친 아저씨, 미친 할머니, 미친 아가씨. 아무튼 그 미친 여자가 거리에 나타나면 아이들은 떼를 지어 따라다니면서 놀려 댔다. 미친 여자보다 더 미친 것처럼 지랄들을 떨었다. 나 역시 아이들과 함께 미친 여자 뒤를 쫓았다. 그러던 어느 날 우리 중 누군가가 돌을 던졌다. 꽤 큰 돌이 미친 여자의 등을 맞혔다. 그러자 미친 여자는 잠시 멈춰 섰다가 갑자기 뒤를 돌아 우리를 향해 달려오기 시작했다. 아이들은 놀라 사방으로 도망쳤고, 그 와중에 나는 넘어졌다. 미친 여자가 넘어진 내 앞에 가만히 쪼그리고 앉아 나를 내려다보았다.

그때 그 여자와 눈이 마주쳤었다. 그 여자의 눈빛은 미친 게 아니라 미친 척하는, 그런 눈빛이었다. 미친 척이라도 하지 않으면 온 세상에 불을 질러 버릴 수도 있겠구나 싶은, 그런 눈빛이었다.

"나 좀 그냥 놔둘래?"

엎어져 있는 나한테 그 여자가 속삭였다. 나는 고개를 끄덕였다. 그러자 여자가 끙, 소리를 내면서 일어서더니 멀찍이서 우리를 주시하고 있는 아이들을 향해 "왁!" 하고 발을 한 번 굴렀다. 아이들이 "으악!" 하며 흩어지자 여자가 나에게 눈을 찡긋했다. 그러고는 갈 길을 갔다.

아줌마 눈이 그때 그 여자 눈 같았다.

*

교대하고 편의점을 나서는 새벽이었다.

'거기로 가 볼까.'

스쿠터 스탠드를 탁 차올리고 서서히 큰 도로 쪽으로 미끄러져 들어갔다. 하지만 역시 내 마음을 몸이 따라가지 않았다. 내 몸은 수지가 어디 있든 관심 없다는 듯이 사거리 쪽으로 내달렸다.

어쩌면 나는 수지 엄마를 겁내는지도 몰랐다. 수지 엄마라면 구지구에서도 가장 험하게 미친 여자였으니 그럴 만도 했다.

'삼호 연립 미친년'이라면 구지구에서 모르는 사람이 없었다. 수지 엄마가 미친년 취급을 받는 건, 진짜 미쳐서가 아니라 미친 듯이 악다구니를 쓰기 때문이었다. 싸움이라면 구지구에서 수지 엄마를 이길 자가 없었다.

한번은 밤에 수지를 태우러 갔다가 마당에서 수지 엄마와 맞닥뜨린 적이 있었다. 수지 엄마는 다짜고짜 나를 불러 세웠다.

"야, 너 이 새끼."

나는 스쿠터에서 재빨리 내려 자세를 바로잡았다.

"우리 수지를 자꾸 불러내는 이유가 뭐야? 우리 수지가 그렇게 만만하던? 내가 그 꼴같잖은 마트 불 싸질러 버리기 전에 당장 꺼지지 못해!"

"엄마!"

지하에서 올라온 수지가 소리를 질렀다. 그러자 수지 엄마가 이번엔 수지를 향해 험한 말을 퍼부었다.

"야, 이 병신아. 저놈한테 저딴 거 얻어 타고 밤마다 싸돌아다니면 네가 뭐라도 된 줄 알아? 어차피 저런 새끼는 끝에 가선 너 같은 거 거들떠보지도 않아! 정신 차려, 이년아!"

수지도 자기 엄마한테 대들어 봤자 좋을 게 없는 줄 알았는지 내 등을 떠밀었다.

"뭐 해. 가자."

얼른 여기서 벗어나자는 거였다.

"너 이 새끼, 한 번만 더 수지 불러냈단 봐!"

수지 엄마 목소리를 뒤로하고 스쿠터를 삼호 연립 밖으로 몰았다.

"어이구, 징글징글해."

우리를 향해선지 하늘을 향해선지 수지 엄마가 외쳐 댔다. 그건 수지 엄마가 걸핏하면 터트리는 말이었다. 딱히 뭘 보고 징글맞다는 건지 알 수 없었다. 수지를 보고도 '아이구, 징그러운 년'이라 하고, 나한테는 '징글징글한 새끼' 하는 것은 물론 새파란 하늘을 보면서도 징그럽다고 하는 사람이 수지 엄마였다.

"얼른 가."

수지가 속삭였다. 등 뒤로 수지 엄마 목소리가 따라왔다.

"아이구, 이놈의 거 불을 싸질러 버리든지."

그 악다구니를 뒤로하고 한참을 달려 우리가 도달한 곳은 겨우 중학교였다. 도무지 이 동네엔 갈 데가 없었다. 마계 옥상이 그나마 만만한 곳이지만, 거긴 너무 코앞이었다. 수지 엄마가 퍼부어 대는 악다구니의 영향권에서 벗어나려면 그보다는 멀리 가야 했다. 중학교 정문으로 올라가는 언덕 아래서 스쿠터를 멈추고 물었다.

"운동장 갈까?"

"딴 데 가자."

"어디?"

수지가 긴 팔을 뻗어 앞을 가리켰다. 낯선 길은 아니었다. 그 도로를 따라 외할머니, 외할아버지와 함께 밴댕이회를 먹으러 가기도 하고, 바다를 보러 가기도 했다.

수지가 가리킨 방향대로 내달렸다. 그 길을 처음 달려 보는 듯,

낯선 길인 듯 수지한테 의지해서 도착한 장소는 그곳이었다.

그래, 그날 거기 갔었다. 수지 할머니가 산다는 동네. 수지 아버지가 태어나서 자랐고, 고등학교까지 다녔다는 동네. 그리고 죽은 후에 돌아가서 묻혔다는 동네였다. 거긴 아직 농지가 더 많았다.

수지가 멈추라는 도로 옆 공터에 스쿠터를 세웠다. 밤이 깊어서 다니는 차도 없었다. 갑자기 풀벌레 우는 소리가 요란하게 들려왔다. 여태 몰랐는데 스쿠터를 멈추자 갑자기 들린 거였다. 아니면 인기척에 놀란 벌레들이 막 울기 시작했는지도 몰랐다.

"우리 엄마 미워하지 마라."

공터 끝에 서 있던 수지가 중얼거렸다.

"걱정 마라."

"우리 엄마도 원래부터 저러진 않았어."

"안다."

말해 뭐하나. 좁아터진 구지구 사람들은 서로를 너무 잘 알아 탈이다. 숨길 게 없다. 숨길 수도 없다. 구지구 사람들이 우리 집 사정을 뻔히 알듯이 나도 다른 집 사정을 알 만큼 안다. 수지네 사정도, 그리고 수지 엄마가 전에는 어떤 사람이었는지도 안다.

"내가 다리병신만 아니었어도 우리 엄마가 너한테 그렇게까지 하지는 않았을 거야."

수지 입에서 '다리병신'이라는 말이 나올 때마다 나는 가슴이 철렁했다. 지금도 그 말이 나오는 걸 보니 뭔가 감정이 상했다는 거였다. 나는 발부리로 돌멩이만 툭툭 찼다.

"넌, 왜 나하고 다니냐?"

그렇게 물어봐야 내가 무슨 말을 할 수 있나.

"너도 다른 새끼들하고 똑같냐?"

"뭐?"

"그 짓이라도 한번 해 보려고 나 태우고 다니냔 말이야!"

수지의 말에 기가 찼다. 내가 되물었다.

"그러는 넌."

그러자 수지가 한 발 앞으로 나섰다. 몇 걸음만 떼면 밭으로 굴러떨어질 위치였다. 나는 자세를 고쳤다. 수지가 더 움직이면 붙잡을 참이었다.

"난 구지구를 떠날 거야."

수지가 두 팔을 허공으로 펼쳐 올리면서 외치다시피 말했다.

"난 구지구도 싫고, 너도 싫고, 다 싫어."

"그럼 어디 갈 데나 있냐?"

"저기."

수지가 양쪽으로 펼쳤던 팔을 앞으로 길게 뻗어 야트막한 산 아래에 엎드려 있는 동네를 가리켰다.

"할머니가 저기 살아."

"검정고시 준비는 안 하냐?"

수지가 검정고시 준비한다는 걸 알기에 물은 거였다.

"저기서 하면 돼."

그때부터 알고 있었다. 수지가 어디에 가 있을 작정인지. 아무리 눈치 없는 사람이라도 그렇게까지 알려 주는데 못 알아들을 리 없다. 내가 모른 척하고 있을 뿐이었다. 그때도 모른 척했고, 아직도 모른 척하고 있다. 내가 나를 아는 데 이렇게 시간이 걸린다.

11

"이 일, 할 만합니까?"

며칠 만에 나타난 훅이 대뜸 물었다. 무슨 뜻으로 한 질문인지 알 수 없었다.

"밤에 편의점 지키는 거 말입니다."

"아, 뭐."

"오래 할 생각입니까?"

훅이 또 물었다.

"봄까지는 할 생각입니다."

"아, 복학하는군요."

순간 훅이 나를 대학생으로 알고 있다는 생각이 들었다. 어쩌면 혹 자신이 대학을 휴학하고 있어서 그런 짐작을 하는지도 몰랐다. 잠깐 망설였다. 내가 실은 고등학교도 마치지 않았다는 사실을 말해야 할까? 하지만 그만두기로 했다. 무슨 상관인가. 그래 봤자 혹과 나는 몇 살 차이 안 날 텐데. 내가 되물었다.

"혹 씨는요? 복학합니까?"

불쑥 내 입에서 혹이라는 말이 튀어 나갔다.

"혹 씨요?"

혹이 되물었다. 설명을 하지 않을 수 없었다. 내가 '혹'으로 부르는 이유를 들려주었다. 학생이 아니라면 직업이 형사인지도 물었다.

"하, 그거 재미있군요. 아마 내가 서둘러서 그렇게 보였는지도…… 아무튼 형사는 아닙니다."

서로 잠시 묵묵히 말이 없다가 혹이 먼저 내 나이를 물었다. 대놓고 물어보니 속일 수가 없었다. 스무 살을 넘은 것처럼 거짓말하고 싶은 마음도 없었다.

"열여덟입니다."

내 답에 역시나 혹이 놀라는 것 같았다.

"그럼 고등학생?"

혹이 약간 장난스럽게 물었다.

"이젠 아닙니다."

"아, 사고 좀 쳤나 보군."

"큰 사고 한번 쳤습니다."

혼자 웃고 나서 이번엔 내가 훅의 나이를 물었다.

"스물둘."

"그럼 역시 대학생입니까?"

"그래 보이나."

훅이 혼잣말처럼 중얼거리더니 말을 이었다.

"좀 전에 복학하냐고 물어서……."

"아, 난 사실 그쪽이 대학생인 줄 알았지. 편의점에서 알바하니까."

훅과 둘이 마주 보고 웃었다. 어쩌면 훅도 나처럼 공부엔 취미 없고 골치 아픈 문제들이나 일으키다가 겨우 고등학교 졸업장만 받은 사람일 수도 있다. 아니면 나처럼 학교를 그만뒀거나. 훅이 더 말하지 않는 것을 보니 이야기하고 싶지 않은 문제 같았다. 나는 화제를 돌렸다.

"혹시 스쿠터 타고 다닙니까?"

"봤어요?"

나이를 알아서인지 훅의 존대가 어색했다.

"이제 말 편히 하시죠. 형인데."

"뭐, 그럴까?"

서로 어색하게 하하하 웃다가 내가 다시 물었다.

"스쿠터 어디 세워 두고 옵니까?"

"요 앞 놀이터 거치대에 묶어 둬. 전에 방심하고 길에 잠깐 세워 뒀다가 잃어버린 적이 있어서⋯⋯. 지금 타고 다니는 건 내 게 아니고 잠깐 빌린 거. 근데 편의점 앞에 있는 스쿠터는 그쪽 건가?"

"예. 전에 마트 배달 일 좀 했습니다."

"아, 그래. 어쩐지 스쿠터가 좀 험하다 했지."

"험해요?"

"그래 보여, 저 스쿠터는. 그런데⋯⋯."

"그런데요?"

훅이 잠시 뜸을 들였다.

"⋯⋯혹시 훔친 스쿠터는 아니지?"

"네? 이 년째 내가 타고 다니는 겁니다. 배달하느라 좀 함부로 써서 그렇지 새겁니다."

"그래?"

"예."

"같은 모델이라 그런가⋯⋯."

"혹시, 잃어버렸다는 스쿠터 말하는 겁니까?"

훅이 휴대 전화를 꺼내 만지작거리더니 내 앞에 내밀었다. 스쿠터 사진이었다. 내 스쿠터와 같은 모델은 맞았다. 그런데 바람을 막아 주는 윈드 스크린이 좀 달랐다. 내 스쿠터는 바람막이가 투명한 플라스틱인데, 훅의 스쿠터는 바람막이 부분에 화려한 무늬가 있었다. 주홍색 불꽃무늬였다. 자칫 시야를 방해할 수 있었다.

"이게 잃어버린 스쿠텁니까?"

"맞아."

"그런데 이거 불법 아닙니까?"

스쿠터 앞쪽 바람막이를 두고 한 말이라는 것을 훅도 알아들었다.

"잘 피해서 끌고 다녔지."

"이거 그대로 있으면 찾기는 쉽겠네요."

"그런데 두 달 동안 아무리 뒤져도 보이질 않아."

"두 달이나요? 그 시간이면 싹 바뀌었을 겁니다. 바람막이 갈고, 도색하고, 스티커 붙이고, 백미러도 갈고, 또…… 뒤에 빨간 배달 박스 하나 달면 완전히 딴판 되는 겁니다. 배달 스쿠터로 변신시키면 찾기 힘들어요. 찾아도 못 알아봅니다."

"난 알아봐!"

훅이 단호하게 잘라 말했다. 얼굴도 약간 달아오른 것 같았다. 화가 난 건가, 싶었다.

"다른 특징 없어요? 변신시켜도 바꿀 수 없는……."

"변신?"

"변신 몰라요? 스쿠터 훔쳐서 새로 싹 뜯어고치는 걸 변신이라고 하는데."

"해 봤어?"

"난 아닙니다. 그런 애들이 있다는 겁니다."

"하긴 변신시키면 못 알아볼 수도 있겠군."

"그래서 혼자만 아는 표시 같은 걸 해 놓기도 하는데. 그런 거 안 해 놨어요?"

훅이 잠시 생각하는 듯하더니 입을 열었다.

"있긴 있어."

"어디에, 어떻게요."

"그런데 그게……."

"알려 줘야 찾아도 찾습니다."

훅이 뒷덜미를 몇 번 긁적이더니 주저하며 말했다.

"의자 뚜껑 젖히면 낙서가 있어. 마커로 그냥 좀 휘갈겨 놨지. 농담 같은 거. 몇 글자."

"글자요?"

"별건 아니고 그냥 내키는 대로."

"뭐라고 썼는데요? 훔쳐 가면 죽는다, 그런 겁니까?"

그러자 훅의 목덜미가 붉어졌다. 나는 새어 나오는 웃음을 참다가 이렇게 말했다.

"찾으려면 일일이 뚜껑 열어 봐야겠네요."

"흰색 마커로 좀 휘갈겨 놨지."

"아, 예. 흰색."

"농담 아냐!"

삐친 것처럼 돌아서는 훅의 팔을 내가 툭툭 쳤다. 그러자 훅이 나를 향해 주먹을 한 번 훅 뻗었다. 나 역시 가만히 있지는 않았다. 우리는 서로를 향해 두어 번 주먹을 훅훅 주고받으면서 웃었다.

"그런데 너무 기대하진 마세요."

"뭘?"

"꼼꼼한 놈이 가져갔으면 낙서를 덮어 버렸을 겁니다. 마음먹고 떡칠하면 절대 못 알아봅니다. 싹 변신시켰으면 못 찾아요."

"완전 범죄라고 하는 거겠지?"

"애들은 그런 걸 범죄라고 안 합니다."

"그런 애들 좀 아나?"

"이 동네 오래 살았으니까요. 애들 보면 한번 물어는 볼게요."

훅과 나는 데크 난간에 묶여 있는 스쿠터를 내다보았다. 오늘따라 방한 덮개를 덮어 두지 않았는데, 커다란 덩치가 입을 굳게 다물고 있는 모습이 성질깨나 있어 보였다. 불쑥 생각나는 게 있어서 물었다.

"혹시 저 스쿠터 때문에 여기 들락거린 겁니까?"

훅이 창에 비친 나를 슬쩍 쳐다보더니 흠흠 헛기침을 했다.

"눈치 빠른데?"

"그럼 불났던 건……."

나는 지난 화재 사건을 떠올리다가 뒷말을 삼켰다.

"불이라니? 무슨 불?"

훅은 정말로 아무것도 모르는 표정이었다. 마음이 놓였다. 그런데 훅이 다시 장난스럽게 물었다.

"그런데 저 스쿠터 진짜로……?"

"뚜껑 열어 볼까요!"

우리는 다시 복싱 주먹을 몇 번 주고받았다.

2부

1

"언제 온대요?"

식탁 의자를 빼내 앉으면서 외할머니한테 물었다.

"온다고 했으니 오겠지."

"딴 말은 없었어요?"

"무슨 말."

"아무 말이나요."

"언제 정답게 말할 줄 아는 사람이라야지."

그건 외할머니 말이 맞았다. 정다운 것과는 원수진 사람처럼 으르렁대기부터 하는 사람이 엄마였다. 그러니 더 물을 게 뭐 있나. 올 때 되면 오겠지. 나는 말없이 밥을 먹고 남은 된장국을 마저 들이켠 다음 방으로 들어갔다.

이리저리 뒤척이다가 이불을 뒤집어썼다. 잠이 오지 않았다. 한참을 눈만 감고 있다가 결국 이불을 걷어차고 일어났다.

스쿠터를 몰고 나왔다. 구지구를 한 바퀴 돌아 삼호 연립 마당으로 들어갔다. 마당 한복판에 버려진 거인처럼 우뚝 서 있는 장롱이 보였다. 그 옆에 스쿠터를 세우고 의자 뚜껑을 들춰 손전등을 꺼냈다. 수지가 살던 지하 굴에 내려가자면 손전등이 필요했다. 밖은 지금 훤하지만, 거긴 낮에도 손전등 불빛 없이는 곤란하다.

한때 수지가 살았던 102호의 문은 여전히 열어젖혀진 채였다. 이제는 닫아 둘 필요도 없는 문. 그 문 안으로 들어갔다. 사선으로 찢겨 길게 늘어진 벽지, 놀라 달아나는 바퀴벌레들, 주저앉은 싱크대를 지나 손전등을 켜고 수지 방으로 들어섰다.

"야, 놀라진 마라."

수지 방에 처음 들어갔을 때 수지가 그랬다. 자기도 놀라 자빠질 환경에서 살고 있다는 것을 안다는 말이었다. 수지 방은 지하층 가장 깊숙한 곳에 있었다. 방에 창문 같은 건 없었다. 대낮에도 불을 끄면 한밤중이었다.

언젠가 수지가 알려 줬던 냄새가 확 풍겼다.

"지렁이 썩는 냄새다."

"곰팡이 냄새지."

"좀 달라."

"그런 것도 구분하냐?"

"이 방에 살아 본 사람만 알아. 지렁이 썩는 냄새는 날아다니지 않아."

"냄새는 날아다니는 게 아니라 풍기는 거다."

"곰팡이 냄새는 떠돌아다녀. 하지만 지렁이 썩는 냄새는 바닥에 깔려 있어. 아니면 벽에 스며들어 있거나."

"냄새면 냄새지 뭐 그렇게 복잡하냐?"

"축축해서 그렇겠지."

"축축하다니?"

"지렁이들은 축축하잖아."

"그래도 쥐 없는 게 어디냐. 마트에 제일 많이 들락거리는 게 바로 쥐다."

"그것도 쉬운 일은 아니겠다."

수지 방에 처음 들어갔던 날 수지가 타 온 아이스티에 웨하스를 먹었다. 파삭한 웨하스가 순식간에 눅눅해지는 방에서 수지와 둘이 무슨 이야기를 했나 떠올려 보았다. 엄마 부업 돕는답시고 수지가 종일 붙들고 있는 전자 부품들을 한쪽 벽으로 밀어붙이고 나란히 앉아 무슨 이야기를 했나. 별다른 이야기는 없었다. 수지가 푹 빠져 있는 음악이나 들었다.

라디오헤드의 「크립(Creep)」.

나도 알고 있었다. 수지가 종일 이 방에 갇혀서 할 일이라곤 음악이나 찾아 듣고, 영화나 보는 게 전부라는 걸. 그리고 손가락 끝이 부풀어 오를 만큼 자기 엄마 부업이나 돕는 거지. 수지 화장이 그렇게 요란한 것도 알고 보면 이 세상과 수지의 세상 사이에 메울 수 없는 차이가 있기 때문일 것이다. 아니면 나한테 자기 민낯을 보여 주기 싫어서일 수도 있고. 혹시, 나한테 잘 보이려고 한 화장이 그 지경이었으려나? 그래도 수지한테서 나는 냄새는 좋았다. 샴푸 향인가 싶어서 언젠가 한번은 마트에 있는 샴푸 뚜껑을 하나씩 열어 확인해 보기도 했지만 그 냄새를 못 찾았다. 그럼 여자애들 화장품 냄새겠지 싶어서 일부러 여자애들 가까이 코를 들이밀고 다닌 적도 있었다. 비슷한 냄새는 있었지만, 수지한테서 나는 그 냄새는 찾지 못했다. 수지한테 직접 물어볼까 싶다가도 그런 이상한 걸 어떻게 묻나 싶어서 관뒀었다.

방은 지독하게도 깨끗이 치우고 갔다. 버려진 종이 한 장 없었다. 포스트잇 한 장 붙여 둔 것, 흘리고 간 전자 부품 조각 하나 없었다. 어디 먼 외계에라도 갔나? 자기 흔적을 싹 지우고 오라는 명령이라도 받은 건가?

수지 침대가 있던 자리를 손바닥으로 쓸고 드러누웠다. 누워서 손전등을 껐다. 예상하긴 했지만 겁나는 어둠이었다. 밖은 지금 아침인데.

틱.

천장에 대고 손전등을 한번 켜 보았다.

만약에.

신지구가 들어서지 않았더라면 이곳은 구지구가 되지 않았을 것이다. 그러면 나는, 수지는, 그리고 엄마는 이런저런 말썽을 부리기도 하면서, 서로 미워하기도 하면서, 또 사랑하기도 하면서 조용히 살 수 있었을지도 모른다.

톡.

그런데 이제는 그렇게 살 수 없다는 것을 안다. 외할아버지도 말했다시피 세상은 엄청나게 위험해지고 말았다. 펑 터지기를 갈망하면서 부풀어 오르는 풍선처럼 뜨거워지고 있는 것이다.

틱.

세상이 나 같은 사람도 적응할 수 있도록 미지근하게 굴러간다면, 나도 고등학교를 졸업하고 마트를 하면서, 깔창이 필요한 수지와 사랑하고 결혼도 할 수 있지 않았을까. 어쩌면 밤이면 수지를 스쿠터 뒤에 태우고 이 구지구 너머 한강 하류가 내다보이는 데까지 나가 밤바람을 쐬면서 살 수 있었을지도 모른다. 수지는 마트 계산대를 맡고, 나는 물건 정리를 하면서 천천히, 놀라지 않고 살수 있었을 것이다. 세상이 뜨겁게 부풀어 오르지만 않았더라면 말이다.

톡.

하지만 이제 다 틀렸다. 우리 집만 해도 구지구가 개발된다는 말이 돌 때부터 사사로운 이야기가 없어졌다. 갑자기 삶이 없어져 버린 것처럼 사적인 이야기를 나누지 않는다. 매일 공적인 이야기만 한다. 구지구 사람들의 공적인 이야기는 오직 '돈' 이야기다.

신지구가 들어서지 않았더라면, 그래서 구지구가 들썩거리지 않았더라면, 수지네도 몰래 도망치듯 떠나지 않았을 텐데.

그놈의 집값, 땅값만 들썩거리지 않았더라면 엄마도 돌아올 생각 따위는 하지 않았을 거고. 엄마가 이 쓰레기 같은 구지구에 무슨 미련이 있나. 엄마는 구지구라면 치를 떠는 사람이다. 엄마는 여기서 나이 열여섯에 아이를 낳고, 학교도 때려치우고, 밤이면 미친년처럼 나가 돌아다니다가 외할아버지한테 붙잡혀 두들겨 맞는 일을 밥 먹듯 하며 살았다. 탈출하듯 떠난 이곳에 무슨 미련이 있어서 돌아오나. 다 그 치솟은 땅값 때문이지.

틱.

엄마는 외할아버지나 외할머니한테만 나쁜 딸이 아니라, 나한테도 나쁜 엄마다. 더럽게 나쁜 엄마다. 내가 기억하는 다섯 살 때부터 엄마는 자기 실수를 나한테 덮어씌웠다. 자기는 낳고 싶지도, 책임지고 싶지도 않았는데 내가 멋대로 태어났다는 말을 다섯 살짜리인 나한테 대놓고 했다. 내가 태어나서 자기 인생이 엉망으로 꼬였다고, 나만 안 태어났다면 자기는 고등학교 졸업하고 어디 시골구석에 있는 대학이라도 다녔을 거라고 했다. 배 속에 든 나를 떼려고 달려가는 오토바이에 뛰어들기까지 했는데 결국은 내가 태어났다고 했다. 내가 태어나서 자기는 인간답게 살 수 없게 되었다고 술에 취하면 생난리를 피웠다. 나는 다섯 살 때부터 엄마한테 그런 말을 들었다.

어릴 때는 멋모르고 엄마한테 미안해하면서 살았다. 엄마 인생이 엉망이 된 게 나 때문이라고 생각했다. 그래서 엄마만 보면 미안해했다. 적어도 그날까지는 그랬다.

톡.

중학교 2학년 때였을 것이다.

그날도 오랜만에 집에 온 엄마가 밤에 소주를 마시다가 외할머니를 들볶았다. 인간답게 살고 싶다고 울고불고 난리를 쳤다. 그때 내가 엄마를 똑바로 쳐다보면서 물었다.

"인간답게 사는 게 뭔데?"

그러자 엄마가 입을 닫고 우뚝 멈춰 섰다.

"인간답게 사는 게 뭔지나 알아?"

나는 천천히 또박또박 물었다. 엄마는 대답하지 못했다. 엄마 자신도 어떻게 사는 게 인간다운 건지 잘 알지 못하면서 공연히 나만 볶아쳤던 것이다. 자기 인생이 엉망진창이 된 화풀이를 나한테 하는 거였다.

아무 말도 못 하고 서 있는 엄마 앞에 마주 섰다. 그때 내가 엄마보다 키가 크다는 것을 알았다. 엄마보다 무려 머리 하나만큼 더 컸다. 사람들이 나를 외할아버지와 똑 닮았다고 하는데, 다른 건 몰라도 키 하나는 외할아버지를 닮은 게 확실했다.

소주 냄새를 풍기는 엄마 앞에서 한참이나 버티고 서 있었다. 엄마는 나를 올려다보고 있었는데 눈에 얼마나 힘을 줬는지 눈알이 빨개질 정도였다. 기껏해야 나보다 열여섯 살 많은 여자가 바로 내 엄마였다. 뭘 모르던 어릴 때는 미안해하면서 살았지만, 이제 내가 죽도록 미워하면서 살 여자였다. 그런 생각이 들었다.

틱.

하지만…… 그 순간 모든 게 허물어져 버렸다. 엄마한테 미안해하던 마음도, 미워하고 싶다는 감정도 순식간에 사라져 버렸다. 이유는 나도 모른다. 엄마를 내려다보는 순간 그렇게 되어 버렸다.

톡.

그때부터 나는 엄마를 불쌍해하면서 살았다. 엄마한테 미안하지도 않고, 엄마가 밉지도 않았다. 만약 그런 게 철이 드는 거라면, 그날 그 순간 나는 철이 들었다.

어쩌면 엄마도 그날 철이 들었는지 모른다. 엄마도 더 이상 어린 여자애가 아니고, 나도 엄마 화를 받아 주는 어린애가 아니라는 것을 안 것이다.

그날 이후 엄마는 나한테 화를 퍼붓지 않았다. 외할머니한테도 그러지 않았다. 집에 와도 전처럼 난리 치지 않았다.

나하고 사이가 좋아졌다는 말이 아니다. 더는 서로 괴롭히지 않기로 암묵적으로 합의했다는 말이다. 그것만으로도 충분히 인간다운 사이가 될 수 있었다.

틱.

결국 별건 아니었다. 상대를 향해 자기 인생을 망친 장본인이라고 퍼붓지 않는 사이, 서로 조심하는 관계.

톡.

손전등을 끄고 일어났다. 도저히 여기 더 있을 수 없었다. 너무 추웠다.

2

한동안 추위가 지독했다. 그래서인지 오늘은 약간 덜 추울 뿐인데 아이스크림이 많이 나갔다.

세 개 이천 원 하는 누가바를 들고 계산대로 오는 친구를 향해 말을 건넸다. 구지구 친구였다. 어릴 때는 같이 놀기도 했지만, 지금은 우연히 마주치면 인사나 하는 사이다. 이 친구와 어울리지 않은 건 중학생 때부터였다. 갑자기 노는 애들하고 어울리면서 나랑은 연락이 뜸해졌다.

"요즘 잘 안 보이더라."

손가락으로 비닐봉지를 집어내면서 내가 말했다.

"왜, 장사 힘드냐?"

친구의 답이었다. 내가 손님 관리하는 줄로 안 모양이다. 내가 픽 웃자 그 친구도 따라 웃었다. 우리가 언제 그런 거 관리할 줄이나 아는 성질들인가. 서로 그 뜻으로 웃은 거였다.

"요새도 단체로 스쿠터 타고 다니냐?"

내가 물었다.

"그렇지 뭐."

"스쿠터 가지고 장난치는 애들…… 요즘도 있냐?"

"장난?"

친구가 되물었다.

"변신시키고 그런 거, 아직도 하냐?"

"스쿠터 잃어버렸냐?"

"내 거야 고물인데 가져나 가겠냐."

"그럼? 누가 잃어버렸냐?"

"아는 형이 잃어버렸다더라."

"아는 형 누구?"

"이 근처 사는 형. 넌 말해도 모르고……. 단골인데 친해졌다. 밤마다 찾아다니는 눈치더라."

"잃어버린 지 얼마나 됐는데?"

"두 달쯤 된 거 같던데……."

"두 달? 두 달이면 벌써 이 구역 떴다. 그리고 동네 스쿠터 하나 잃어버렸다고 다 우리 애들이 한 일로 넘겨짚는 거 기분 나쁘다."

"그런 뜻이 아니다. 그 형이 여태 찾아다니니까 나도 애써 보는 거지."

"어떤 건데?"

"내 거랑 똑같은데 앞쪽 바람막이에 불꽃무늬가 있더라."

"그런 거론 못 찾지. 바람막이 가는 건 일도 아닌데. 두 달 전에 잃어버렸으면 지금쯤 상하이에 가 있겠다. 하하."

"농담 말고, 한번 알아봐라."

"알아봐서 뭐? 설사 발견한들 픽이나 돌려주려고 하겠냐?"

"그게 참 그러네."

"그래. 그러니까 잃어버린 건 눈 딱 감고 잊으라고 전해라."

친구는 여기까지 말하고 등을 돌렸다. 나는 친구의 팔을 다시 붙잡았다.

"어쨌든 좀 알아는 봐라."

"사연 있는 스쿠터냐?"

"그런 거 같더라."

"물어는 본다만, 갖다 주지는 못한다. 근데 특징은 뭐 더 없냐?"

"의자 뚜껑 안쪽에 마커로 글자 써 놨다더라."

"뭐라고 써 놨는데? 이름이냐?"

"나도 몰라. 어쨌든 뚜껑 안쪽에 글자 써넣는 사람이 어디 흔하냐?"

"알았고. 또 보자."

친구가 나가고 나서 잠시 생각해 보니 친구 말이 맞았다. 찾을 수는 있겠지만, 돌려받지는 못할 것이다. 마음 약한 놈이 장난한 거면 돌려줄지도 모르겠지만 일단 잃어버린 이상 그런 건 기대하기 어렵다. 그러니 스쿠터를 찾아도 상대가 돌려줄 생각이 없다면 혹한테 찾았다는 말도 하지 말아야 한다. 친구 말마따나 잃어버린 지 두 달이면 지금쯤 상하이에 가 있다고 봐야 한다.

*

자정이 훌쩍 지난 시간이었다. 의자에 올라앉아 창밖을 내다보던 꼬마 수지가 불쑥 물었다.

"오빠는 중국 가 봤어?"

"못 가 봤다."

"멀겠지?"

"멀지."

"얼마나 멀까?"

"버스 타고 가는 데는 아니다."

"비행기 타야 되는 거지?"

"조금만 더 기다려 봐. 아버지가 설마 너를 버리겠냐."

그 대답을 해 놓고 아차 싶었다. '버리다'는 말 때문이었다. 그런 말은 입 밖에 꺼내서는 안 됐다. 그 말을 알아채는 순간 꼬마 수지는 생각할 것이다. 어쩌면 아버지가 자기와 엄마를 버릴지도 모른다고. 아니, 이미 버렸을지도 모른다고. 눈치 빠른 꼬마 수지한테 내 생각을 들킬까 봐 갑자기 급한 일이라도 생각난 것처럼 계산대쪽으로 걸어갔다.

"그렇지? 오빠도 그렇게 생각하지?"

꼬마 수지가 뭐가 깨달았다는 듯 의자에서 폴짝 뛰어내리면서 종알거렸다. 달리 답할 말도 없어서 나는 입을 다물었다. 꼬마 수지가 문에 이마를 대고 있다가 말했다.

"아줌마 온다."

딸랑.

캣맘 아줌마가 들어왔다. 평소보다 좀 늦은 시간이었다.

"왜 이렇게 늦었어요?"

꼬마 수지가 투정 부리듯 물었다. 나 역시 같은 걸 묻고 싶었다는 뜻으로 아줌마를 건너다보았다.

"다른 데 애들까지 좀 챙기느라."

캣맘 아줌마가 늦은 사정은 이랬다. 신지구 아파트 단지를 맡고 있던 캣맘이 갑자기 이사를 가는 바람에 그 구역까지 아줌마가 떠맡게 되었다. 그래서 사료 나눠 주는 시간이 더 길어진 거라고 했다.

"춥죠?"

꼬마 수지가 뜨거운 캔 커피를 건네면서 물었다. 캣맘 아줌마가 올 때마다 캔 커피를 마신다는 걸 꼬마 수지도 이제 안다.

"좀 풀렸다더니 밤엔 어째 더 추운 거 같애."

"아줌마는 왜 고양이한테 밥 주러 다녀요?"

꼬마 수지가 캔 커피를 홀짝거리는 아줌마를 빤히 올려다보면서 물었다.

"애들이 기다리니까."

"고양이들이 기다리는지 아닌지 어떻게 알아요?"

"그건…… 그냥 알게 돼. 밥 주다 보면 애들이 나를 기다린다는 걸 알게 되더라고."

"말로 안 해도요?"

"걔들도 말을 해. 울음소리로, 눈으로, 꼬리로, 행동으로…… 그러니까 온몸으로. 그리고……."

꼬마 수지가 눈을 반짝이며 아줌마를 보았다.

"그리고요?"

"모른 체하기 싫어."

"모른 체요?"

"그 애들이 여기 살고 있는 데 모른 체하기 싫어……."

캣맘 아줌마가 커피를 몇 모금 마시다가 꼬마 수지한테 물었다.

"부탁 하나 들어줄래?"

꼬마 수지가 눈을 동그랗게 뜨고 아줌마를 올려다보았다.

"여기 사료를 한 봉지 두고 갈 테니까, 편의점 건물 옆에 있는 에

어컨 실외기 앞에 좀 놔 줄래?"

꼬마 수지가 고개를 끄덕거렸다.

"매일 밤 12시에. 한 그릇씩 부어 두면 애들이 알아서 먹고 가니까 어렵진 않을 거야. 그리고 물도 부탁해."

"물도 줘요?"

"고양이들도 물을 꼭 마셔야 해. 겨울엔 물이 금방 얼어붙으니까 뜨거운 물을 갖다 두면 좋아. 해 줄 수 있지?"

"네, 할 수 있어요."

"그리고…… 애들 밥 먹은 자리는 깨끗하게 치워야 해. 사람들은 고양이 때문에 지저분해지는 걸 아주 싫어하잖아. 지저분해지면 고양이를 미워하게 되고. 그러니까 깨끗하게, 싹 치워야지. 알았지?"

"알았어요."

"그럼 여기 주변에 사는 고양이들은 이제 편의점 고양이가 되는 거네."

"편의점 고양이요?"

"편의점에서 단골로 밥 먹는 고양이. 단골로 밥 먹을 곳 있는 애들은 겨울나기가 그래도 수월해."

그러자 꼬마 수지가 골똘하게 생각하더니 뭐가 우스운지 까르르 웃으며 말했다.

"맞아요. 저도 알아요."

나는 계산대 안에 서서 꼬마 수지와 캣맘 아줌마를 건너다보았다. 두 사람이 뭔가 재미있는 일을 꾸미는 것처럼 캐리어 앞에 쭈그리고 앉아서 부스럭거리더니 사료를 담은 종이 상자와 뜨거운 물을 담은 컵을 들고 일어섰다.

딸랑.

두 사람이 나가고 문이 닫힌 다음 순간이었다.

꼬마 수지 엄마가 언제 창고에서 나왔는지 창밖을 내다보고 있었다. 온 세상에 자기 혼자뿐인 듯 우뚝 서서 밖을 내다보았는데, 아줌마가 그렇게 허리를 꼿꼿하게 펴고 선 모습은 처음 보았다. 지금까지 봐 오던 것과는 완전히 다른 사람 같았다.

나는 고개를 돌렸다. 보지 말아야 할 것을 본 것만 같았다. 사람의 옆얼굴에는 정면에서 본 얼굴과는 다른 것이 있다. 그건 자기 자신은 모르는 얼굴, 숨겨진 얼굴이다. 바로 그 숨겨진 얼굴을 봐 버린 것 같아서 기분이 머쓱했다.

그런데 고요히 서 있던 아줌마가 내게 다가와 웬 종잇조각을 비밀스럽게 내밀었다. 나는 이끌리듯이 계산대에서 걸어 나와 그걸 받아 들었다.

"이게 뭔데요?"

답이 없을 줄 알면서도 물었다. 딱지처럼 접힌 종이를 펼쳐 보았다.

이 편지를 읽는 순간 당신은 저주에 걸렸습니다. 저주를 풀려면 불을 질러야합니다. 불로 저주를 태워야합니다. 그런 다음 다른 열 명한테 이 편지를 복사해 전달하십시오. 그러면 저주가 행운으로 바뀔 것입니다. 주의할 점이 있습니다. 이 편지를 읽고 무시하면 저주가 두 배가 됩니다.

킬킬거리는 웃음소리가 들리는 듯한 편지였다. 애들이 장난삼아 쓴 게 틀림없었다.

"이거 어디서 났어요?"

꼬마 수지 엄마 팔을 붙들고 물었다.

"아줌마, 이거 누가 줬어요?"

거듭 물었지만 아무 대답이 없었다.

곧 문이 열리고 꼬마 수지와 캣맘 아줌마가 들어왔다. 꼬마 수지가 당장 자기 엄마 옆으로 붙어 섰다. 내가 제 엄마를 괴롭히기라도 한 줄 안 건가.

"이게 뭐니?"

캣맘 아줌마가 내 손에서 종이를 낚아채듯 빼앗았다.

"아이고, 또 이거네. 애들이 요즘 이런 장난에 재미 붙였나."

캣맘 아줌마가 한탄하듯 내뱉었다.

"한 두어 달 전부터 이런 게 자주 보여."

"만약에……."

나는 캣맘 아줌마를 바라보았다.

"그 고양이……."

"그래, 그럴지도 몰라."

"이러다 더 큰 사고 나는 거 아닙니까?"

캣맘 아줌마가 꼬마 수지를 내려다보면서 물었다.

"그런데 이 편지가 어디서 났을까?"

꼬마 수지는 입을 꾹 다물고 나를 쏘아보았다. 꼬마 수지가 그렇게 입을 닫으면 아무리 물어도 허사였다.

"뭐, 어디서 주웠겠죠. 영화관이나 롯데리아 같은 데서."

"그래, 별일은 없을 거야. 사람이란 게 그렇거든. 나쁜 맘들은 더 러 먹어도 진짜로 나쁜 짓을 하는 사람은 많지 않아. 사람들은 나쁜 것보다는 좋은 일에 더 쉽게 마음을 내주니까."

아줌마 말이 진실인지는 모르지만, 조금은 마음이 놓였다.

"아무튼 난 간다. 그래도 매사에 조심하고."

캣맘 아줌마가 캐리어를 끌고 나가면서 손을 흔들었다.

3

"여태 안 오고 뭐 한답니까."

"느이 엄마 기다리는 거여?"

"누가 기다린댔어요!"

외할머니 앞에서 공연히 목소리를 높였지만 화가 난 건 아니었다. 엄마 일로 화가 나지 않은 지는 좀 됐다. 오겠다는 말을 들은 지 한참 됐는데 소식이 없으니 다른 생각이 들었던 것이다. 혹시나 때문에 집에 오는 걸 망설이나 싶었다.

방에 들어와 누웠다. 역시나 잠이 오지 않았다. 침대 밑에서 손전등을 꺼내 들고 이불을 뒤집어썼다. 오래전 일이 다시 떠올랐다.

인간답게 사는 게 뭔지나 알아?

그 말은 하지 말아야 했을까? 그 말을 할 때 내 목소리에는 아무 감정도 실려 있지 않았다. 원망이나 분노 같은 건 내가 담고 싶어도 담아지지 않았다. 엄마가 떼쓰는 어린애 같아 보였다. 떼쓰는 어린애한테 무슨 원망을 품겠나.

내가 눈 하나 깜짝하지 않고 엄마한테 인간답게 어쩌고 하는 말을 두 번이나 던졌는데 외할머니도 가만있었다. 예전 같았으면 외할머니가 나를 말렸을 테지만, 그날은 외할머니도 그냥 두고 봤다. 외할머니도 너무 늙고 지쳤던 것이다.

지난봄 일도 떠올랐다.

"쟤 좀 봐. 대체 애를 어떻게 키웠길래 저래?"

엄마가 외할머니를 향해 소리 질렀다. 한동안 집에 와도 난동을 부리지 않던 엄마가 그날은 다시 시작이었다.

하지만 나도 잠자코 지켜볼 생각이 아니었다. 다시는 외할머니한테 화를 퍼붓지 못하도록 해야겠다는 생각도 있었지만, 좀 다른 마음도 들었다. 끝까지 가 보고 싶었다. 엄마와 나를 이 지경으로 만든 세상의 끝에 뭐가 있는지 보고 싶었다. 엄마가 나를 어디까지 감당할 수 있는지 알고 싶었다. 그곳이 설사 절벽이고, 거기서 엄마와 내가 굴러떨어질 수밖에 없다 해도, 두 번 다시 엄마 얼굴을 못 보게 된다 해도 한번 가 보고 싶었다.

엄마 얼굴을 빤히 쳐다보면서 물었다.

"자기 책임을 누구한테 미뤄!"

그러자 엄마가 비틀거리면서 의자에 털썩 앉았다. 술에 취한 척하고 있지만 정신은 멀쩡하다는 걸 나는 알았다. 나도 술에 취해 본 적이 있으니까. 정말 취하면 어떤지 안다.

　　나는 엄마를 몰아붙였다.

　　"취한 척하지 마."

　　"뭐?"

　　"취한 척하지 말고 잘 들어. 다시는 외할머니한테 함부로 하지 마. 집에 올 때마다 이런 식으로 할 거면 올 거 없어. 이제 정신 차릴 때도 됐잖아. 그리고!"

　　"그리고 뭐?"

　　"지난번에 데리고 왔던 그 새끼, 정리해. 나쁜 새끼야. 나한테 이 건물값이 얼마나 되는지 물어본 새끼야. 그 정도밖에 안 되는 인간이야. 그 새끼한테 내가 아들이라는 말 안 했지? 그러니까 그 새끼가 날 만만하게 본 거겠지."

　　"너, 그 말 진짜야?"

　　"벌써 알 텐데. 그 새끼가 어떤 놈인지 알고도 일부러 외할머니 괴롭히려고 데려온 건 아니고?"

　　"뭐?"

　　"이런 식은 오늘이 끝이라는 것만 알아 둬. 앞으로는 내가 가만 안 있어. 그리고 한 가지 더 말하는데, 더는 집에 손 벌리지 마. 그 나이 먹었으면 자기 인생은 자기가 책임져야지."

"……얘가 왜 이래 오늘."

엄마가 의자에 앉아서 나를 노려보았지만 그 눈에서 이미 분노가 사라지고 없다는 것을 알았다. 사실 엄마도 지쳤을 것이다. 어떤 계기가 생겨서 이제는 좀 다르게 살 수 있기를 기다리고 있었는지도 모른다. 그 계기를 자기 손으로 만들지 못해 저렇게 외할머니를 들볶고 헤매는지도, 누군가 자기한테 충격을 줘서라도 정신차리게 해 주기를 바랐는지도 모른다. 그런데 그 못된 역할을 내가 해 줬다. 엄마는 나한테 고마워해야 할지도 모른다.

하지만…….

그날 엄마가 울지 않은 건 마음에 걸렸다. 엄마에겐 아직 해결하지 못한 찌꺼기가 남아 있는 것 같았다. 그날 엄마 표정이 그랬다. 울음을 터트렸으면 찌꺼기가 녹아 버렸을 테고, 그랬으면 피차 후련했을 것이다. 그런데 끝내 꾹 참았다. 그게 눈에 보였다.

결국 끝까지 가 보지 못한 거였다.

하지만 끝이란 게 어디인지 누가 아나. 끝이란 게 있긴 있을까. 엄마 인생만 봐도 그렇다. 여길 떠나면 끝인 줄 알았겠지만 결국 돌아오게 생겼고, 내 얼굴 안 보면 끝일 거라고 생각했겠지만 결국 나는 다 커서 엄마한테 대들고 있지 않나. 나 때문에 엄마가 이곳에 마음대로 올 수도 없지 않나. 그러니 어쩌면 벌써 끝을 넘어섰는지도 모른다.

손전등을 툭 던지고 이불을 머리끝까지 뒤집어썼다.

4

훅, 꼬마 수지, 나, 셋이 나란히 창밖을 보면서 앉아 있었다. 꼬마 수지 엄마는 창고 안에 있었다. 언제부터인지 아줌마는 편의점에 들어오면 곧장 창고로 향했다.

"손님들이 싫어할까 봐 그래."

꼬마 수지가 큰 비밀이라도 알리듯 말했지만, 꼭 그것 때문만은 아닌 것 같았다. 아줌마는 뭔가 생각 중인 사람 같았다. 생각하는 데 쓰는 에너지가 너무 커서 다른 모든 일을 꼬마 수지한테 잠시 맡겨 놓은 사람 같다는 느낌이 들 때가 있었다.

아줌마가 가끔 나를 물끄러미 보는 건 알고 있었다. 다만 나를 알은척하지도 않고, 귀찮게 하는 일은 더욱 없기 때문에 나 역시

그러려니 넘겼다.

　자정이 지나 손님도 없는 시간이었다. 꼬마 수지가 불쑥 말했다.

　"우리 아빠 중국에 있어."

　꼬마 수지가 훅과 나를 보면서 머리칼을 귀 뒤로 넘겼다.

　"좋대?"

　훅이 물었다.

　"빨간색이 많다고 했어. 온통 빨간색이래. 다 빨갛대."

　"에이, 아무리."

　"우리 아빠가 그랬는걸. 중국 사람들은 빨간색을 좋아한대. 빨간색이 지켜 준다고 생각한다나 봐."

　"그래?"

　"더 말해 줄까?"

　"좋지."

　"중국 사람들은 담배로 누가 더 높은 사람인지 가린대."

　"담배로 어떻게?"

　"더 비싼 담배를 피우는 사람이 더 높은 사람이래. 있잖아, 아저씨들끼리 만나면 담배부터 꺼내 놓는대."

　"담배가 비싸 봐야 얼마나 차이 나려고."

　"몇십만 원짜리 담배도 있대. 우리 아빠가 그랬으니 진짜야."

　"담배가 신분인가?"

　"맞아, 아빠도 그렇게 말했어."

"허세 아니고?"

"중국 사람들이 우리처럼 생각할 거라고 생각하면 안 된대. 우리 아빠는 다른 나라도 가 봤는데 중국이 제일 다르댔어. 제일 알 수 없는 나라가 중국이랬어."

"아빠가 무슨 일 하는데?"

"장사."

"장사?"

"응, 중국에서 한국으로 물건들을 보내는 일이야. 아빠가 보내는 물건은 컨테이너로 와."

"너 컨테이너도 알아?"

"난 우리 아빠 일이라면 다 알아. 아빠는 지금 상하이에 있을지도 몰라."

"상하이라니. 와, 이거 글로벌하네?"

훅이 말하고, 내가 이었다.

"한번 가 보고 싶네. 근사한 도시일 거 같아."

그러자 꼬마 수지가 혼자 킥킥 웃기 시작했다.

"왜 웃어?"

내가 물었다.

"상하이는 볼 게 없대. 아파트 단지랑 공사장뿐이래."

"진짜 상하이 시내는 안 가 봐서 그렇겠지."

"상하이가 진짜가 있고, 가짜가 있어?"

"그러니까…… 여기 신지구, 구지구처럼 신상하이, 구상하이가 있지 않을까?"

"신상하이는 싫어!"

꼬마 수지가 갑자기 큰 소리로 외쳤다.

"신지구 같다면, 너무 춥잖아."

꼬마 수지가 찬물이라도 뒤집어쓴 것처럼 파랗게 질렸다. 꼬마 수지의 마음을 상하게 한 것 같아 나도 훅도 쩔쩔맸다. 내가 화제를 돌렸다.

"지난번에 아빠가 사기꾼 잡으러 갔다고 하지 않았어?"

"맞아, 근데 장사도 같이 하는 거야. 그러면서 사기꾼도 찾는댔어."

"무슨 사기를 당했는데?"

"아빠가 중국에서 장사 처음 하는 걸 알고 사람들이 속였댔어. 아빠 돈을 가지고 도망쳤대. 그게 우리 마지막 돈이랬어."

"꼭 잡아야겠네."

"응, 지난번에 상하이에서 사기꾼을 봤다고 했어."

"연락 왔었어?"

"응, 우린 페북으로 연락해. 그런데 그다음에는 아직 연락이 없어. 그래도 괜찮아. 우리 아빤 엄청 바쁘거든."

훅과 나는 꼬마 수지가 종알거리는 소리를 듣고 있었다. 꼬마 수지 말이 어디까지 사실인지는 생각할 필요 없다. 지금 꼬마 수지 앞에는 연락이 끊어진 아버지와 정신을 놓친 엄마, 그리고 보일러 가 고장 난 방이 있다. 그건 분명한 사실이었다.

*

혹은 가고, 새벽이 오고 있었다. 꼬마 수지는 고양이들이 밥을 먹었나 살펴보고 오더니 탁자에 엎드려 있었다.

꼬마 수지 엄마가 벌써 갈 준비를 하는지 창고에서 나왔다. 어딘 지 전과는 약간 달라진 표정이었지만 알은체하지 않았다. 나는 아 줌마가 먼저 말을 건넬 때까지 조심하기로 정해 두고 있었다.

아줌마는 창고 입구에 서서 편의점 안을 휘둘러보는 것 같더니 꼬마 수지 쪽으로 곧장 걸어갔다. 꼬마 수지를 깨우지는 않았다. 아직 갈 시간은 아니었다. 조금 더 있다가 가도 되었다.

새벽 4시를 막 넘긴 때였다.

화장실에 갔다가 창고를 지나 들어서는데 편의점 안에서 고함 이 터져 나왔다.

"썩 나가지 못해!"

남자 목소리였다. 나는 급히 편의점 안으로 뛰어들었다. 창가 탁 자 곁에 아줌마와 꼬마 수지가 서 있었다. 꼬마 수지는 자기 엄마 를 보호하려는 것처럼 막고 서 있었다. 어디서 본 듯한 아저씨가 금방이라도 두 사람을 잡아챌 듯 위협하고 있었다.

"무슨 일입니까?"

내가 큰 소리로 물었다. 세 사람이 동시에 나를 쳐다보았다. 아저씨가 먼저 나섰다.

"이것들이 왜 여기 들어와 있는 거야?"

"이것들이라니요?"

아저씨가 꼬마 수지와 아줌마를 향해 손가락질을 하면서 말을 이었다.

"이것들. 사거리 김밥집에도 노상 와 있기에 내가 쫓아 버렸더니 이젠 여기 와서 들어붙어 있네그래?"

그때서야 생각났다. 그 아저씨는 사거리 김밥집 주인이었다. 그런데 내가 자리를 잠시 비운 사이 무슨 일이 있었던 건가.

"뭐가 잘못됐습니까?"

그러자 아저씨가 나를 이상하다는 듯 훑어보면서 말했다.

"이 중국 여자가 대체 누군 줄 알고 가게에 들여?"

"우리 엄마 중국 여자 아니야!"

아저씨 말이 끝나기도 전에 꼬마 수지가 외쳤다. 아저씨가 꼬마 수지 쪽으로 몸을 획 돌리더니 발을 쾅 구르면서 고함을 쳤다.

"아니면 왜 말을 못 해!"

"못 하는 거 아냐. 안 하는 거야. 아저씨가 이상한 거 물어봤잖아!"

꼬마 수지가 지지 않고 대들었다. 내가 나섰다.

"왜 이럽니까?"

아저씨가 내 쪽을 보면서 목소리를 낮췄다. 하지만 여전히 살기 등등한 목소리였다.

"왜? 내가 못 물을 걸 물었나? 남편 어디 있냐고 물어본 것뿐인데. 몇 달 전부터 이 근방에서 어슬렁거리면서 장사나 방해하고 말이야."

꼬마 수지가 또 나섰다.

"우린 방해 안 했어. 김밥도 돈 내고 사 먹었잖아. 아저씨가 우리 엄마 못살게 군 거지!"

수지 말을 자르려는 듯 아저씨가 다시 발을 쾅 굴렀다.

"예끼, 못된 년! 내가 언제 저런 미친년을 건드렸다고 그래!"

이제 꼬마 수지는 거의 악을 쓰듯이 대들었다.

"전에 추운 날 밤에 김밥집에서 그랬잖아. 맘 놓고 있으라고 하고선 우리 엄마 못살게 굴었잖아!"

"어디서 굴러먹던 것들이 못된 짓만 배워 가지고. 경찰을 불러야겠구먼!"

아저씨가 엄포를 놓았다.

"아저씨!"

내가 소리를 질렀다.

"학생도 잘 처신해. 저런 것들은 언제 무슨 짓을 할지 몰라. 불쌍하다고 봐주다가는 뒤통수 맞아!"

"우리 도둑 아니야!"

아저씨가 꼬마 수지를 곧 쥐어박을 것처럼 주먹으로 찍는 시늉을 했다. 꼬마 수지가 몸을 움츠렸다.

"도둑이 '나 도둑이요' 하고 다녀? 에잇, 담배나 줘."

아저씨가 자기 옷자락을 탁 털면서 계산대 쪽으로 걸음을 옮기는 찰나였다.

"우리 도둑 아니라고! 아저씨가 나쁜 놈이야!"

꼬마 수지가 악을 쓰면서 대들었다. 아저씨는 된통 잘못 걸렸다는 식으로 나를 향해 어깨를 으쓱하더니 구시렁댔다.

"에이, 원룸촌에는 왜 이리 이상한 것들이 많아."

"저 사람들, 이상한 사람들 아닙니다."

내가 계산대 안으로 들어가면서 낮게 한마디 했다.

"아니면? 큰코다치고 나서 정신 차릴 건가? 여기 사장 누구야? 내가 사장한테 직접 말해야지, 원. 알바를 뭘 믿고!"

"여기 사장님 저희 아버집니다. 그리고 저 사람들은 우리 아버지도 나도 잘 압니다."

"뭐? 그럼 다 한통속이라는 거야?"

"한통속이라니요? 우리가 무슨 죄라도 지었습니까?"

그러자 아저씨가 나를 뻔히 건너다보면서 빈정댔다.

"저 미친 꼴을 하고 길거리에 나다니는 게 죄야! 알았어? 진짜 경찰에 민원을 넣든지 해야지."

"민원요?"

"왜? 겁나?"

"아저씨, 사거리 김밥집 주인 맞죠?"

"그래, 왜?"

"민원은 제가 넣을 겁니다."

"날? 뭘로?"

"새벽부터 남의 가게에 와서 소란 피우고 있지 않습니까!"

"소란? 내가?"

"저 사람들은 여기 손님입니다. 남의 편의점에 와서 손님한테 행패나 부리니 영업 방해 아닙니까!"

"행패라니!"

"그럼 남의 장사 망하라고 깽판 치는 겁니까?"

"뭐야? 이게 보자 보자 하니까! 너 몇살이야?"

"그만 가 보세요. 안 가시면 당장 경찰서에 전화할 겁니다."

"장사 이따위로 할 거야? 망하고 싶어?"

"김밥집이나 망하지 않게 조심하셔야 할 겁니다. 이 동네에 제 친구들 쫙 깔렸어요. 김밥집 들락거리는 학생들 거의 다 내 후배고 친구들입니다."

그러자 아저씨가 눈을 부라리며 계산대 아래를 발로 퍽 찼다.

"나, 원. 살다 살다 별일을 다 겪네."

김밥집 아저씨가 문을 열고 데크를 꺼트릴 듯이 쾅쾅 걸어갔다.

한바탕 소란이 지나간 후 다시 고요해지자 꼬마 수지가 점퍼를 찾아 입었다. 그리고 입을 꾹 다문 채 자기 엄마 손을 잡아끌었다.

"이따 보자."

내 인사 따위는 들은 체도 안 했다. 화가 단단히 난 모양이었다. 그럴 만도 했다.

*

외할아버지와 교대하고 밖으로 나섰다. 스쿠터에 올라앉으면서 생각했다.

'거기 가 볼까.'

마음 같아서는 정말이지 그곳에 가 보고 싶었다. 가서 확인하고 싶었다. 수지가 정말 있기는 있는지. 그곳에 있다는 소문이 사실인지.

가는 길은 훤했다. 마음만 먹는다면 당장이라도 달려갈 수 있다.

부앙—

그런데 수지가 거기 있는 걸 확인한 후엔 어쩔 건가. 전처럼 밤마다 수지를 태우러 가기라도 할 건가. 아니면, 수지가 거기 없으면 어쩔 건가. 자신 없었다.

결국 나는 그쪽으로 길을 잡지 못했다.

5

꼬마 수지를 기다리는 중이었다. 올 시간이 벌써 지났는데 안 오고 있었다. 지난 새벽 일이 마음에 걸렸다. 난데없이 나타나 소란을 피운 김밥집 아저씨 때문에 자존심이 상했을 것이다. 그러니까 입을 꽉 다물고 뒤 한 번 돌아보지 않은 채 가 버렸겠지.

딸랑.

캣맘 아줌마였다.

"없네?"

꼬마 수지를 찾는 거였다. 지난 새벽에 있었던 소란을 이야기할까 망설이다가 그만두고 "오늘 좀 늦네요." 말했다.

"그래?"

캣맘 아줌마가 의자를 끌어내 올라앉으면서 창밖을 내다봤다.

"오늘 안 오려나?"

한참 앉아 있던 캣맘 아줌마가 자리를 털고 일어섰다. 그러곤 주머니를 뒤적거려 뭔가를 꺼내 내 앞에 내밀었다. 찜질방 쿠폰 뭉치였다. 대략 열 장은 되어 보였다.

"이걸 왜요?"

"꼬마 오면 좀 전해 줘."

"좋아하겠네요."

내 말에 캣맘 아줌마가 쑥스럽다는 듯이 덧붙였다.

"아는 이가 사거리 찜질방에서 일하는데 할당받은 쿠폰 다 팔아야 한다고 어찌나 징징대는지, 내가 좀 샀어. 싸게 샀어."

"네."

"공짜로 얻은 거나 마찬가지야. 어차피 난 필요도 없잖아."

"예."

캣맘 아줌마가 서둘러 나가고 문에 매달린 종소리의 여운이 막 사라질 참이었다.

딸랑.

훅이 들어섰다. 요즘 들어 훅은 꼭 자정 무렵이 아니더라도 편의점에 들르곤 했다. 훅을 건성으로 반기면서 문 밖을 살폈다.

"누구 기다려?"

"꼬마가 안 와서요."

"그러고 보니 안 보이네."

훅이 낮게 중얼거리면서 진열대 쪽으로 걸어 들어갔다.

환기를 하는 척하면서 문을 열어 놓고 밖으로 나갔다. 바람이 얼마나 찬지 십 분 이상 서 있기 힘들 정도였다. 갑자기 말할 수 없이 불안한 기분이 들었다.

"무슨 일 있었나?"

내가 좀 이상해 보였는지 훅이 따라 나와 물었다. 훅에게 지난 새벽 일을 말해 볼까 하다가 말았다. 조금 더 기다려 보는 게 나을 것이다. 당장이라도 꼬마 수지가 엄마 손을 이끌고 나타날지도 모르니. 지난 새벽에 있었던 일을 여기저기 알리는 건 꼬마 수지가 원치 않을 것 같았다. 자존심 상해할 것이 뻔했다. 그런데 이 추위가 걱정이었다. 그사이 집의 보일러를 고친 건가.

내가 입을 다물고 있자 훅은 어깨를 한 번 으쓱했을 뿐 채근하지 않았다. 나는 문을 닫고 실내로 들어왔다. 훅이 컵라면에 뜨거운 물을 받아 뚜껑 위에 나무젓가락을 올려놓고 손을 비볐다. 라면이 익는 동안 훅이 창밖을 내다보았다. 방한 덮개를 씌운 스쿠터를 내다보는 것 같았다.

"저기."

내가 말머리를 꺼냈다. 훅이 창에 비친 나를 건너다보았다. 나역시 창에 비친 훅을 보면서 말을 이었다.

"스쿠터 어디 세워 뒀습니까."

"요즘 스쿠터 안 타고 다녀. 계속 빌려 쓸 수는 없으니까."

"그럼 걸어서 스쿠터를 찾으러 다닌단 말입니까?"

"이젠 꼭 스쿠터를 찾자는 건 아니고 그냥 다녀 보는 거지. 밤엔 딱히 할 일도 없고. 혹시 알아? 운이 좋으면 그 녀석과 딱 마주치게 될지."

"그 녀석요?"

"첫 스쿠터라서…… 나한테는 친구나 마찬가지야. 잃어버리고 나서 한동안 견디기 힘들더라고. 이젠 좀 가라앉았지만. 그래도 찾지 않고 그냥 포기하면 안 될 것 같아서 돌아다닌 건데, 그게 습관이 됐는지 밤만 되면 그냥 나와 보게 돼. 그 덕에 여기 와서 야참도 먹고."

훅이 웃으면서 컵라면 뚜껑을 열었다. 내가 불쑥 말했다.

"내 스쿠터 타고 다니지그래요. 어차피 난 밤에는 꼼짝 못 합니다."

훅은 대답 없이 라면을 한 젓가락 말아 올리곤 후후 불었다. 내가 말을 이었다.

"저놈도 밤에 달리고 싶을 겁니다. 전엔 밤마다 먼 데까지 쏘다녔는데 편의점 일 하고부터 밤에 저렇게 묶여만 있으니 답답하기도 할 거고요."

"밤에도 배달했나?"

"배달은 아니고, 밤에만 집 밖에 나오는 친구가 있어서 좀 태우고 다니느라고요……."

"그럼 이젠 그 친구 안 태우고 다니나?"

"그렇게 됐습니다."

"그 친구도 답답하겠군."

그 생각을 그때서야 처음 했다. 어쩌면 수지는 답답한 마음에 밤마다 내 스쿠터 소리를 기다리고 있을지도 모른다. 골목을 지나가는 스쿠터 소리에 신경을 곤두세운 채 전자 부품인가 뭔가를 끼워맞추는 부업을 하고 있을지도. 그러다가 더 이상은 참을 수 없는시간이 되면, 바로 이 밤의 흑점을 지나는 시간이 되면 절룩거리면서 문을 열고 밖에 나와 볼 수도 있다. 문밖에 나와서 나를 아니,내 스쿠터를 기다릴지도 모른다.

훅이 물었다.

"저 스쿠터 뒤에 태우고 다닌 사람이 여자 친구였나?"

"그런 셈입니다."

"그건 또 무슨 뜻인가."

"잘 모르겠습니다."

"잘 몰라?"

"예."

훅은 무슨 이야기인지 궁금하다는 눈치였지만, 나로선 들려줄말이 없었다. 훅도 더는 묻지 않았다.

밤이 천천히 흐르고 있었다. 훅은 앉은 채로, 나는 선 채로 창밖을 내다보았다.

"꼬마 오늘 진짜 안 올 모양이네."

"그러게요."

"이 근처에 산다고 했지?"

"그럴 겁니다."

"이 시간엔 꽤 고요하네."

훅이 중얼거렸다.

"밤의 흑점을 지나는 시간엔 원래 그렇습니다."

"밤의 흑점?"

"지금이 바로 시간의 핵심이거든요. 태양 표면에도 어두운 흑점이 있다고 들었습니다. 밤의 시간 중에도 가장 컴컴하고 아득한 흑점이 있는 겁니다."

예전에 수지한테 들었던 말을 떠올렸다. 한밤에 어디 먼 곳으로 가거나 높은 곳에 올라가면 수지가 얘기했다.

"바로 이 시간이 모든 시간의 핵심 같다."

그러면 나는 답했다.

"어떤 시간은 핵심이고 다른 시간은 아니라는 거냐?"

그런데 훅도 전에 내가 했던 그 말을 똑같이 중얼거렸다.

"어떤 시간은 핵심이고 다른 시간은 아니라는 건가……."

대답을 바라는 말은 아니었다. 그저 혼자 중얼거려 보는 거였다.

하루 중 가장 밀도가 센 시간이 흘러가고 있었다. 그사이 떠돌이 개 한 마리가 편의점 앞을 지나가고, 드문드문 차들이 지나갔다.

훅이 일어서면서 중얼거렸다.

"그 꼬마, 저 두꺼비식당 골목에서 본 적 있는데……."

두꺼비식당 쪽이라면 편의점 바로 근처였다. 미나도 그 골목 원룸에 살고 있다. 미나가 사는 원룸 건너편 어느 건물에 꼬마 수지가 살 것이다. 전에 자기 방에서 미나를 건너다본 적이 있다고 말했으니.

딸랑.

훅이 문을 열고 나서면서 한마디 했다.

"어우, 춥다."

6

집으로 가는 길에 두꺼비식당 쪽으로 방향을 잡았다. 스쿠터 속
도를 줄이고 골목 안으로 천천히 들어갔다.

원룸가가 다 그렇듯 이 골목 역시 양쪽으로 원룸 건물들이 빽빽
하다. 원래는 이 지역 전체가 야산이었는데 모조리 밀어 버리고 주
거지가 들어섰다. 이제는 완전히 낯선 곳이 되어 버렸지만 내가 초
등학생일 때만 해도 이곳 야산에 자연 관찰 학습하러 자주 왔었다.
봄에 진달래가 만발하면 진짜 기막혔다. 그런데 지금은 이 꼴이다.

부아앙―

속력을 높였다. 꼬마 수지가 방에 있다면 시끄러운 스쿠터 소리
에 창을 열고 밖을 내다볼지 모른다.

열리는 창문은 없었다. 아마 어디 찜질방에 들어가 있을 것이다. 마음도 상하고 날씨도 워낙 추우니, 찜질방에서 시간을 보내고 있겠지. 입장료가 아까워 거기 죽치고 있지 않을까.

골목 끝에서 돌아 나와 다시 두꺼비식당 쪽으로 향했다. 두꺼비식당은 아침밥을 먹을 수 있는 곳이다. 혹시나 해서 식당 안을 들여다보았다. 혼자 앉아 밥 먹는 사람이 둘 있었지만, 꼬마 수지는 없었다.

오늘 밤엔 오겠지. 찜질방이 아무리 따뜻하다 해도 그 갑갑한 데서 이틀이나 있기는 힘들 것이다.

*

교대 시간보다 좀 일찍 집에서 나왔다. 편의점에 가기 전에 사거리나 한번 둘러볼 셈이다. 사거리 어디쯤에서 꼬마 수지를 만나면 잔소리 좀 해 줄 생각이었다.

하지만 사거리를 샅샅이 돌아도 꼬마 수지는 보이지 않았다. 꼬마 수지뿐 아니라, 어린애들은 아예 보이지 않았다. 갑자기 어린애들이 모두 어디로 사라졌나 싶었지만, 그만큼 추운 저녁이었던 것이다. 이 추운 날 애들이 밖에 돌아다닐 리 없다. 더구나 신지구에 사는 애들은 함부로 저녁 늦게 나다니지 않는다. 그래도 그렇지 한 명도 눈에 안 띄다니. 조금은 섭섭한 마음이 솟았다.

딸랑.

편의점에 들어서자마자 알바 누나한테 물었다.

"혹시 꼬마 여자애 안 왔어요?"

"진수지라는 애?"

"누나가 걔 이름을 어떻게 알아요?"

"가끔 왔었거든. 널 안다고 하던데? 근데 못 본 지 한참 됐어."

혹시나 했건만 실망만 했다. 누나가 내 얼굴빛을 살피며 말했다.

"이 근처에 사는 거 같더라. 근데 그 애 엄마가……."

"그 애 엄마가 왜요?"

"내 친구가 사거리 영화관에서 알바하거든. 그 애하고 그 애 엄마, 이 근처에서는 유명하다던데."

"글쎄, 왜요?"

"너도 알고 있는 줄 알았는데. 그 애 엄마가…… 정상이 아닌 것 같다고 들었어. 얼마 전에는 빈 상영관 안에서 밤새 숨어 있었던 적도 있다더라."

"거길 어떻게 들어간답니까."

"그러니까 영화관 직원들도 다들 놀랐지. 들키고 나서도 아무 일도 아닌 것처럼 둘이 유유히 걸어 나가더래. 놀란 기색도 없고 서두르지도 않더래."

"그래서 신고했대요?"

"신고는 안 했다나 봐. 꼬마 애가 다시는 안 오겠다고 했대. 꼬마 애 봐서 그냥 넘어가기로 했다나 봐."

누나 말이 정말이라면 추위를 피하기 위해서였을 것이다. 편의점에 와 있는 것도 추위 때문이니. 그렇다면 어제도 영화관에 숨어 있었던 건가. 아니, 그곳엔 다시 가지 않겠지. 한번 소동이 났으니 감시도 심해졌겠고, 꼬마 수지도 가지 않으려 할 거다.

정산을 마치고 계산대를 넘겨주면서 알바 누나가 알렸다.

"사장님한테는 말했는데…… 나 이번 달까지만 일한다. 여행 갈 거야."

"얼마 동안요?"

알바 누나한테 여행 계획이 있다는 것은 나도 이미 알고 있었다.

"지금 계획으로는 한 달."

"갔다 오면 여기서 다시 일할 겁니까."

"그럴 수도 있겠지."

"누나만큼 노련한 사람을 구할 수 있으려나 모르겠습니다."

그러자 알바 누나가 잠깐 생각에 잠겼다가 말했다.

"어떤 일에 노련해진다는 건 그 일에 책임을 지고 있다는 뜻이겠지. 그 일에 생활이 달렸다는 거고, 그만큼 무게를 짊어졌다는 뜻일 거야. 그런데……."

누나가 말을 멈췄다. 누나의 옆얼굴을 보았다.

"편의점 알바 일에 노련해진다는 거, 그거 슬픈 일이다."

"슬퍼요?"

"잠깐만 하려고 시작한 일이 오 년, 십 년 계속되면 슬픈 거지."

"이 일 힘듭니까?"

"힘든 게 문제가 아니라, 오래 할 일이 못 된다는 거야."

"월급이 안 오르니까요?"

"그것도 그렇고, 이 일은 삼 개월 이상 계속하면 손해야. 아무리 노련해져도 경력을 인정받는 게 아니니까. 노련해지지 않는 편이 더 좋은 일 중 하나가 바로 편의점 알바야."

"희망 없이 하는 일……."

예전에 누나가 했던 말을 내가 웅얼거리자 알바 누나가 나를 물끄러미 바라보았다.

"요즘은 거의 모든 일이 다 그래. 편의점 일만 그런 건 아니야."

딸랑.

알바 누나가 나가면서 문을 활짝 열어 고정해 두었다. 환기 좀 하라는 뜻이었다. 찬바람이 들이닥쳤다. 더 문을 열어 두었다가는 편의점 안이 통째로 냉동될 것 같았다.

문을 닫으면서 꼬마 수지가 사는 원룸가를 건너다보았다.

7

딸랑. 딸랑.

사람들이 들어오고 나갔다. 근래 들어 점차 손님이 느는 것 같았
다. 그만큼 원룸가로 들어오는 사람이 많다는 뜻이겠지.

찜기에 호빵을 더 넣어야 했고, 개방 냉장고 상품들 유통 기한을
확인하고 재배치해야 했다. 마트나 편의점 장사에 중요한 일 중 하
나는 선입선출이다. 먼저 들어온 상품이 먼저 팔려 나가도록 앞으
로 빼놓아야 한다. 그래야 재고를 줄일 수 있다.

한바탕 분주한 시간이 지나고 한가해졌다. 자정이 다 되어 가는
데 꼬마 수지는 여전히 나타나지 않았다. 출입문에 매달린 쇠 종
소리가 울릴 때마다 신경이 곤두섰다.

딸랑.

창고에서 과자 박스를 막 들고나오는 참이었다. 미나였다. 미나가 그렇게 반갑기는 처음이었다.

"오늘은 형이랑 같이 안 왔냐?"

"그렇게 됐어."

무슨 일인지 차갑게 답하고 미나가 개방 냉장고 앞으로 다가갔다. 반숙 달걀과 옥수수 샐러드를 고른 뒤 라면 진열대 쪽으로 가는 미나를 향해 내가 물었다.

"그 꼬마 알지?"

"어떤 꼬마?"

미나가 고개를 돌리지 않은 채 되물었다.

"같은 골목에 산다고 들었는데. 엄마하고 같이 다니는 애."

"아, 그 꼬마! 걔는 왜?"

미나가 물건들을 품에 안고 계산대로 오면서 물었다.

"요 며칠 꼬마가 안 보여서."

"맞다, 여기 자주 와 있었지. 베스트빌에 사는 앤데."

"베스트빌?"

"응, 우리 집 맞은편."

"몇 층인지 아냐?"

"그렇게까지는 모르고, 거기 사는 건 틀림없을걸?"

"확실해?"

"그럴걸?"

바코드 스캐너로 물건들을 찍으면서 다시 확인받았다.

"그 꼬마 보이면 나한테 연락 좀 해라."

"그러지 뭐. 그런데……."

미나가 뭔가 말하려다가 입을 닫았다.

"말해라. 괜찮다."

"그 꼬마 애하고 엄마 말이야, 곧 그 원룸에서 나갈 거라던데. 그리고……."

미나가 다시 뜸을 들였다.

"며칠 전 새벽에 옥상 갔다가 그 애가 자기네 건물 옥상에서 불장난하는 거 봤어. 웬 그릇 같은 데다 불을 피웠더라고. 금방 끄고 내려가긴 했는데 뭔가 이상한 애야. 그 애 엄마는 더 이상하고. 넌 그 아줌마 이상한 거 못 느꼈어?"

내가 물었다.

"뭐가 이상하냐?"

그러자 미나가 목소리를 낮추고 몸을 내 쪽으로 기울이면서 속삭였다.

"정신이 나갔대."

"누가 그래?"

"거기 원룸 관리인 아줌마가 우리 관리인 아줌마한테 말하는 거 들었어. 애 엄마가 불낼 뻔한 적도 있대."

"불?"

"화장실에 불을 피웠다나 봐."

"보일러를 안 고쳐 주니까 그랬겠지. 이 추운 날 보일러가 고장 났다고 생각해 봐라!"

"보일러가 안 들어온대? 걔네 방에?"

"그렇게 들었다. 근데 너는 새벽에 옥상엔 왜 올라갔냐?"

"아, 난 누구랑 좀 싸워서 머리를 식히려고…… 잠깐 올라갔었 지."

"같이 사는 형이랑 싸웠어?"

"같이 살다니?"

"다 알고 있으니까 숨길 생각 마라."

"너, 그거 어떻게 알았어?"

미나가 할퀴기라도 할 듯 사납게 물으며 나를 노려보았다. 하지 만 나는 미나 물음에 답할 생각이 없었다. 아무튼 꼬마 수지가 보 기는 제대로 본 것 같았다.

"그런데, 넌 몇 층에 사냐?"

미나가 그건 왜 묻냐는 식으로 쳐다보았다. 뜬금없다고 생각하 는 건가, 아니면 나를 믿어도 되나 가늠하는 건가. 모른 척하며 한 마디 더 던졌다.

"소문 같은 건 안 낸다. 꼬마가 몇 층에 사는지 짐작해 보려고 묻 는 거다."

"그걸 어떻게 짐작해!"

"너 불편하게 안 해. 약속한다."

그러자 미나가 안심 반, 신경질 반인 투로 답했다.

"4층."

미나가 문을 세차게 밀치고 나갔다.

그 새벽에 꼬마 수지는 왜 옥상에 가서 불을 피웠을까. 추위 때문이라면 옥상에서 그럴 필요는 없었을 텐데. 편의점엔 왜 안 오고. 오늘도 안 온다면 집으로 찾아가 봐야 하는 거 아닌가. 보일러를 고쳐 줬다면 모를까 이렇게 추운데 난방도 안 되는 집에 있을 수는 없겠지. 어디 따뜻한 곳에 가 있는 거라면 안심이겠다.

딸랑.

캣맘 아줌마가 앞서 들어오고 뒤이어 훅이 들어섰다. 훅이 편의점 안을 휘둘러보면서 물었다.

"꼬맹이 오늘도 안 왔어?"

내가 답이 없자 캣맘 아줌마가 물었다.

"왜? 그 애한테 무슨 일 있어?"

잠깐 망설여졌지만 꼬마 수지가 이틀이나 나타나지 않는데 마냥 비밀로 할 수는 없었다. 김밥집 아저씨가 와서 소동 피운 일을 털어놓았다.

"저런, 이를 어째. 내가 한번 가 볼까?"

캣맘 아줌마가 빼냈던 장갑을 다시 꼈다.

"두꺼비식당 쪽 골목에 있는 베스트빌이라는데 몇 호인지는 모릅니다. 아마 4층일지 몰라요. 어쨌든 1층이나 2층은 아닐 텐데…… 정확하지는 않아요."

전에 꼬마 수지가 자기 방에서 미나 방이 잘 보인다고 말했었다. 좁은 골목을 사이에 둔 건물이고 미나가 4층에 산다고 했으니 꼬마 수지네도 1, 2층은 아닐 것이다.

"아무튼 내가 가 보고 연락 줄게."

캣맘 아줌마가 나서자 훅이 잠시 주저하더니 문을 밀고 따라나섰다. 내가 물었다.

"벌써 갑니까?"

훅이 답했다.

"같이 가 보려고."

*

딸랑.

훅이었다.

"있어요?"

다급하게 물었다. 훅이 고개를 가로저었다.

"어디 갔는지 아는 사람도 없어요?"

훅을 뒤따라 들어온 캣맘 아줌마한테 물었다.

"거기 사는 사람 만나서 402호라는 건 알았는데, 초인종을 눌러도 대답이 있어야지. 원룸 관리인도 안 보이고."

"보일러 아직 안 고쳐 줬나?"

내가 중얼거렸다.

"그럼 찜질방에 있으려나?"

"찜질방 쿠폰 아직 못 줬어요."

"그래도 거기 들어가 있기 쉬워. 아니라면 이 추운 날 어디 있으려고."

"그렇겠네요."

훅이 거들었다.

"난 일단 가 볼게. 소식 있으면 문자 넣어 줘."

아줌마가 포스트잇에 전화번호를 적어서 계산대 옆구리에 붙이고 손가락으로 쓸었다.

캣맘 아줌마가 나가자 훅이 의자에 올라앉았다. 창에 비친 훅을 잠깐 보다가 물건이나 정리하려고 진열대 쪽으로 들어가는 참이었다.

"스쿠터 좀 빌려 타도 되나?"

훅이 불현듯 일어서면서 물었다. 스쿠터에 관해서라면 벌써 이야기가 된 거라 두말없이 열쇠를 꺼내 내밀었다. 열쇠를 받아 쥔 훅이 그동안 본 모습 중 가장 '훅' 하게 나가 버렸다.

방한 덮개를 벗기고 스쿠터에 올라앉아 시동을 거는 훅을 보자 내 발밑에서부터 뜨거운 뭔가가 꿈틀거리며 올라오는 것 같았다. 밤에 내달려 본 게 언제더라. 나는 말할 것도 없고 스쿠터도 좀이 쑤셨을 것이다.

부앙—

훅과 스쿠터가 달려간 밤거리를 한참 내다보고 있다가 이러고 있으면 안 되겠다 싶어서 움직이기로 했다. 바닥을 닦고 진열대를 정리했다.

밤의 흑점을 천천히 벗어나고 있었다.

어느 사이 새벽 5시를 넘어섰다. 꼬마 수지는 물론이고, 훅도 오지 않고 있었다.

8

집으로 걸어가는 길, 이른 아침에 꼬마 수지가 밖에 나와 있을 리는 없지만 그래도 혹시, 하는 마음으로 주변을 두리번거렸다. 역시나 꼬마 수지는 그림자도 보이지 않았다.

사거리 건널목 앞에 서서 건너편 마계를 보았다. 신호가 바뀌자마자 마계를 향해 돌진하듯이 빠르게 걸었다. 그리고 마계 곁을 지나면서 외할아버지처럼 한마디 해 주었다.

"에잇, 이놈의 거."

불에 탄 부직포는 새것으로 갈아 씌웠지만 그렇다 해도 마계는 마계다.

"에잇, 이놈의 마계."

주술이라도 풀려는 듯 한마디 더 던지고는 길거리에 나뒹구는 과자 봉지를 발로 걷어찼다. 봉지는 멀리 날아가지도 않고 공중으로 약간 떠올랐다가 발에 감기듯이 다시 내려앉았다. 나는 잠깐 멈춰 섰다가 "흐억." 고함을 뱉고, 할 수 있는 한 빠르게 뛰었다. 역시 속력이 좀 붙어야 정신이 개운하다.

*

"훅이라는 친구가 주더라."

오후에 집으로 돌아온 외할아버지가 스쿠터 열쇠를 내밀었다.

"훅요?"

"그렇게 전하면 안다더만."

외할아버지가 밥 먹는 나를 가만히 내려다보았다. 외할아버지가 걱정하는 게 뭔지 알고도 남았다. 이름도 잘 모르는 사람한테 스쿠터를 빌려줘서 뒤탈이 없겠냐는 거였다.

"아, 친구 맞아요. 고물 스쿠터 같은 건 그냥 줘도 안 가질 친구예요."

외할아버지가 자리에 앉자 외할머니가 기다렸다는 듯 국을 펐다. 외할머니의 상 차리는 순서가 그랬다. 사람이 식탁에 앉으면 그제야 국을 펐다. 다른 건 조금 식어도 괜찮은데 국은 뜨끈해야 한다고 했다. 외할아버지 앞에 놓인 국그릇에서 김이 모락모락 피어올랐다.

외할아버지가 국그릇에 숟가락을 담그면서 말했다.

"그놈의 거, 손해 크게 봤다 치고 집어치우련다."

외할아버지 입에서 튀어나온 '그놈의 거'란 편의점이다. 외할 아버지는 벌써 몇 달 전부터 그 생각을 해 왔다. 외할아버지가 편 의점 장사를 접으려는 이유는 나도 알고 있었다. 이것저것 제하고 나면 남는 게 없기도 하지만 편의점 장사를 하면서는 사람 구실을 할 수 없다는 게 제일 문제였다. 외할아버지는 차라리 예전에 하 던 농심마트가 훨씬 사람다운 장사라고 했다. 마트 사장은 진짜 사 장이었다. 하지만 편의점은 말이 사장이지 중간 노예나 마찬가지 였다. 거대한 흡혈충이 등에 달라붙어 피를 빨아 가는 기분을 매일 느끼는 게 바로 편의점 장사였다. 외할아버지가 체면 따위 지킬 수 없다는 게 더 문제였다.

"이놈의 거…… 내 평생 이렇게 험한 경우는 처음 본다."

외할아버지는 평생 온갖 험한 일을 겪으며 살았지만 그중에서 편의점 일이 제일 험하다고 했다. 프랜차이즈 본사는 외할아버지 평생에 처음 접해 보는, 듣도 보도 못한 '불상놈'인 셈이었다. 외할 아버지 식으로 말하자면 그렇다.

"에이, 쯧."

언제부턴가 외할아버지는 혼자서 불쑥 화를 내거나 혀를 찼다.

"이거 그만두면 뭐 하게요."

내가 물었다.

"마트나 다시 열어야지."

"마트요? 이 자리에 건물 새로 안 올리고요?"

외할아버지는 구지구가 변해 가는 상황을 보고 있었다. 언젠가 마트와 집을 허물고 그 자리에 새 건물을 지어 올리겠다는 계획이 있었다. 하지만 그도 쉬운 일은 아니었다. 집을 허물고 새 건물을 올리자면 은행 빚을 내야 했다. 그것도 아주 많이. 편의점 내느라 이미 당겨 쓴 대출도 있었다. 그런데 건물을 올리자면 또 빚을 져야 한다. 그러지 않으려면 새로 지은 건물의 소유권을 건축업자와 나누는 수밖에 없었다.

"섣불리 일 냈다간 죽도 밥도 안 된다. 김의원 봐라."

외할아버지가 말한 김의원이란 마계를 말하는 것이다. 구지구에서 오래 살아온 사람들한테는 적어도 "김의원 봐라."라는 말이 통했다.

마계 자리에 한때 김의원이 있었다. 나도 기억한다. 어릴 땐 감기만 걸려도 거기 들락거렸었다. 나뿐 아니라 구지구 사람들한테 김의원은 거기 있다는 것만으로도 병이 나을 것 같은 그런 곳이었다. 그런데 이 지역이 개발된다는 소문에 김의원도 들썩거렸다. 2층짜리 건물을 허물고 그 자리에 7층 빌딩을 세우려고 한 것이다. 그 일에 많은 사람이 끼어들었다. 구지구에서 돈깨나 있다는 할아버지 친구도 가세했다고 들었다. 그런데 누구도 정확하게 알 수 없는 이유로 부도를 맞았다. 건설 회사는 사라졌고, 그 일에 끼어든 자들은 은행 빚을 잔뜩 껴안은 채 세월만 보내는 중이었다. 너무 많은 사람이 지분을 나눠 가진 통에 이러지도 저러지도 못하게 되어 버린 건물이 바로 마계다. 마계는 구지구의 모든 실패를 끌어안고 있는 본보기였다.

나도 외할아버지 속을 모르는 건 아니다. 나한테 뭐라도 물려주려고 어려운 상황을 견디고 있다는 걸 안다. 빈손으로 이 세상을 살아간다는 게 어떤 건지 나도 이미 많이 보아 왔다. 하지만 이 납작하고 구질구질한 집을 언제까지 두고 볼 건가.

"주변에 전부 새 건물 들어설 텐데요."

"여기도 수리는 좀 해야지."

외할머니가 나지막하지만 단호하게 말했다. 그러자 외할아버지가 다시 입을 열었다.

"새 건물 올리는 게 뭐 급해. 수리 좀 하고 마트나 다시 하지. 그래도 그게 더 나아. 새거, 요란한 거 좋아하다가 큰코다쳐."

"그래요, 그럼."

내가 시원하게 답하자 외할아버지가 한결 마음이 놓이는 듯 말을 이었다.

"그래도 마트 장사가 속 편해. 편의점 때문에 물건 못 대는 사람들 원망이 얼마나 크냐. 그 중간 상인들 다 망하게 생겼어. 에구, 이게 사람 사는 거냐. 전부 죽으라는 거지."

마트 할 때는 들어오는 물건마다 회사나 공장이 다르고 납품업자도 달라서 외할아버지가 상대하는 사람이 여럿이었다. 편의점에는 없는 온갖 자질구레하고 불량한, 하지만 누군가에겐 꼭 필요할 법한 물건을 대는 이도 있었다. 외할아버지는 그 사람들하고 거래하고, 친구도 맺고, 다투기도 하고, 흥정하기도 했다. 그런 일을 물건 파는 일만큼 신나게 했다. 그런데 편의점은 그런 세세하고 번거로운 일들이 싹 사라진 대신 냉정하게 수탈해 가는 상전을 모신 기분이 든다는 것이다.

"뭐든 마음 편한 대로 하세요."

나는 호기롭게 한마디 하고 일어섰다. 하지만 나도 모를 리 없다. 외할머니와 외할아버지가 평생 아끼면서 모아 온 재산이었다. 그런데 한번 잘못 선택한 편의점 때문에 엄청난 손해를 보게 생겼다. 우리 외할아버지처럼 나이도 많고 뭘 조금 가진 사람들은 조심할 수밖에 없다. 그 '조금'을 잃어버리면 다시 찾을 기회도 없다.

"좀 쉬세요. 그리고 아침에 천천히 좀 나와요."

툭 내뱉고 방으로 들어왔다. 다행인 점은 외할아버지가 무슨 일이든 털어 버릴 때는 호쾌하게 터는 사람이라는 거다. 나도 외할아버지를 닮았다.

9

"꼬마 왔어?"

훅이 들어서면서 물었다. 나는 고개를 가로저었다.

"집에도 없는 거 같던데. 베스트빌 앞에 들렀다 오는데 402호 불은 꺼져 있더라고."

훅과 나의 눈이 마주쳤다.

'혹시…….'

그랬다. 훅도 혹시, 어쩌면, 사고가 났을지 모른다는 생각을 하는 것 같았다. 최악의 상황까지 떠오르자 등골이 서늘해졌다.

"집에 가 봅시다."

내가 먼저 출입문 열쇠를 들고 나섰다.

"편의점은?"

"손님도 없는데 잠깐 갔다 오죠."

우리는 뛰었다. 두꺼비식당 앞으로 달려가 그 골목 안으로 들어
갔다. 순식간에 베스트빌 앞에 다다른 우리는 서로 얼굴을 마주 보
았다. 그리고 숨을 고르면서 천천히 안으로 들어갔다. 계단을 올라
4층이었다.

훅이 초인종을 눌렀다. 안에서는 아무런 기척이 없었다. 손으로
쾅쾅 두드려 보아도 역시 답이 없었다.

훅이 다시 계단을 뛰어 내려갔다.

"왜요?"

계단을 몇 칸씩 단번에 뛰어내리면서 물었다.

"관리실."

1층으로 내려온 훅과 나는 관리실이라고 써 붙인 101호 문을 연
거푸 세차게 두드렸다. 초인종을 누를 생각도 못 했다. 한참 후에
문이 열리더니 자주색 털모자를 뒤집어쓴 아줌마가 내다보았다.

"402호 문 좀 열어 볼 수 있을까요? 부탁드립니다."

"거긴 왜."

"문 좀 열어 봐 주세요."

관리인 아줌마가 잠시 생각하는 눈치로 우리를 번갈아 쳐다보
았다. 그러곤 우리 생각을 짐작한다는 듯이 말했다.

"거기 아무도 없어."

"없어요?"

"그래, 아까 저녁에도 확인했어."

"정말입니까?"

"그렇다니까."

"그래도 한 번만 다시 열어 봐 주세요."

"아 글쎄, 아무도 없다니까 그러네."

"아줌마!"

"왜?"

"만약에 무슨 일이라도 생겼으면 아줌마가 책임질 겁니까?"

"일은 무슨 일!"

관리인 아줌마가 목소리를 높이며 문밖으로 나왔다.

"정말 아무도 없는지 다시 확인해 주세요."

그러자 관리인 아줌마가 앞서 걷기 시작했다. 화를 내거나 귀찮아하는 것 같지는 않았다. 저녁에 확인해 봤다는 말이 맞는 것 같았다.

"그 방이 보일러가 자꾸 고장이야."

"그럼 고쳐 주셔야죠."

"이상하게 그 방만 계속 고장 나. 이 겨울 들어서만 벌써 몇 번쩬지 몰라. 고쳐도 안 고친 것만 못하고. 요즘 날이 워낙 추우니까 밤엔 우리 집 와서 자라고 해도 애나 애 엄마나 말을 들어야지."

"관리비 안 내서 신경 안 쓰는 건 아닙니까?"

관리인 아줌마가 끙 하고 계단에 한 발을 올리며 말했다.

"어제 낮에 수리 기사 왔다 갔어. 일단 또 고쳐 두긴 했는데, 한 번만 더 고장 나면 바꿔야 하려나 봐. 그리고…… 나도 세입자야. 집주인은 나한테 관리 맡겨 놓고 월세나 조금 깎아 주는 게 다라고. 건물주가 결제 안 해 주면 못 해."

훅과 내가 묵묵하게 뒤를 따라 올라가자 관리인 아줌마가 누그러진 목소리로 말을 이었다.

"애 아빠가 중국에 있다나 봐. 애가 아빠 오면 갚는다고 돈도 빌려 간 적 있고. 애 말을 믿지는 않지만 사정이 하도 딱하니 더러 빌려주기도 해. 하지만 나도 내 생활이 있는데 그 집 사정을 다 봐줄 수는 없지."

삑삑삑. 잠금장치가 풀리고 문이 활짝 열리자 센서 등이 밝혀졌다. 방은 텅 비어 있었다. 아무도 없었다. 훅이 급하게 신발을 벗고 들어갔다. 옷장 문을 열어 보고, 침대 아래를 살피고, 화장실도 뒤졌다.

"글쎄, 없대도."

"갈 만한 데 어디 없습니까?"

"그러게, 어디 갔으려나……."

관리인 아줌마가 혼잣말처럼 중얼거리다가 말했다.

"찜질방에 있을지도 모르겠네. 돈 생기면 거기 가 있는 거 같더라고. 여기보다 찜질방이 아무래도 낫지."

문을 닫고 나오면서 아줌마가 훅과 나를 안심시키듯이 말했다.

"여자애가 똘똘해. 걱정 안 해도 될 거야. 그리고……."

훅과 내가 동시에 아줌마를 바라보았다.

"얼마 전에 아빠하고 연락됐다고 자랑하던데."

"중국에 있는 아빠 말입니까? 어떻게요?"

"뭐라더라, 어디 가서 컴퓨터로 어떻게 연락한다고 하는 것 같
더라고."

"그럼 아빠가 돌아왔을 수도 있습니까?"

"그건 아닐 거야. 애 아빠가 왔으면 여기로 왔겠지. 어차피 이 집
월세 문제도 정리해야 하고. 아무튼 학생들이 걱정하는 일은 없을
거야. 걱정들 말고 가 봐."

관리인 아줌마가 두 손을 올려 우리 등을 떠미는 시늉을 했다.
우리가 막 문을 밀고 나서려는 찰나였다.

"참, 저번에 보니까 공항에 갔다 오기도 하더라고."

관리인 아줌마가 말했다.

"공항엔 왜요?"

"모르지. 거기서 제 아빠를 기다리는 건지 뭔지……."

관리인 아줌마가 더는 아는 게 없다는 식으로 손을 내저었다.

두꺼비식당 앞을 돌면서 내가 불쑥 말했다.

"일단 찜질방에 가 봅시다."

"사거리 목욕탕?"

"갔다면 거기 갔을 겁니다. 전에 꼬마한테 거기 갔었다는 말을 들은 적 있어요."

우리는 사거리 쪽으로 향했다. 이번엔 뛰지는 않았지만 빠르게 걸었다. 그렇게 걸어서 찜질방 입구에 도착했을 때는 뒷덜미가 다 축축했다.

찜질방 직원한테 안내 방송을 부탁해 놓고 서 있는 동안 잠깐 후회가 들었다. 혹시라도 꼬마 수지의 자존심을 더 상하게 하는 건 아닐지. 내일이라도 아무렇지 않은 척 나타날 수도 있을 텐데. 아무 일도 없었다는 듯 모른 척해 주는 게 더 나았으려나 싶었다.

"여긴 안 계신 거 같네요."

찜질방 직원의 말에 혹이 내 등을 떠밀었다.

"나가자."

혹과 나는 뭔가 부끄러운 일을 하다 들킨 사람들처럼 서둘러 찜질방을 빠져나왔다.

마계가 건너다보이는 건널목 앞에 섰다. 한밤중 사거리에서도 가장 어두운 곳이 바로 저 마계였다. 저 어둠의 덩어리는 보는 것만으로도 사람 기를 죽였다. 오늘은 더 심했다.

"젠장."

내가 내뱉었다.

"왜?"

"저 마계 때문에요."

"저 마계가 왜?"

훅이 답했다. 훅이 마계를 알다니 의외였다. '마계'라는 말은 구지구 사람들 중에서도 우리 또래나 구지구 토박이 주민들이 주로 쓰는 말인데. 그사이 유행어라도 된 건가.

"마계를 압니까?"

"마계 모르는 사람도 있나?"

"그 뜻이 아니라, 저 건물을 마계라고 부르는 걸 아는지 해서요."

"저 마계 때문에 망한 사람이 많다는 것도 알지."

"그럼 망한 사람도 압니까?"

"알아. 가깝다면 가까운 사람."

"누굽니까?"

"내 친구의, 친구의, 친구의, 아버지의 친구."

신호가 바뀌자 한 발 성큼 내디디면서 훅이 큰 소리로 웃었다. 여태 들어 본 웃음소리 중에서 가장 희한한 웃음소리였다. 장단을 맞추느라 나도 하하하 웃다 보니 둘 다 마계에 휘둘린 바보가 된 기분이었다. 걸음을 빠르게 옮기면서 내가 말을 이었다.

"마계가 이제 이 지역 명물이라도 된 모양입니다."

"차라리."

"차라리, 뭐요."

"마계 자리를 텅 비워 뒀으면 좋겠어."

"비우다니요?"

"그라운드 제로처럼."

"그건 또 뭡니까?"

"뉴욕 맨해튼에서 일어났던 9·11 테러라고 들어 봤나?"

"들어 봤다 치고요."

"그 테러로 뉴욕의 유명한 쌍둥이 빌딩이 무너졌지. 그 무너진 자리를 한동안 공터로 비워 놨는데, 거기를 그라운드 제로라고 하지."

"저 마계 자리에 무슨 의미가 있답니까. 저긴 욕심부리다가 망한 자린데요. 게다가 저 마계는 절대 그렇게 호방한 결정 못 할 겁니다."

"왜 그렇게 보나?"

"김의원 원장은 죽으면 죽었지 그렇게 못 할 인물입니다."

"마계 주인을 아나?"

"어릴 때 아프면 무조건 김의원으로 갔습니다. 줄 서서 기다렸어요."

"돈 좀 벌었겠군."

"더 벌려다가 마계 된 겁니다."

"마계로 불릴 만하군."

"그렇습니다."

저 멀리 문 닫힌 편의점 앞에 사람들이 기다리고 있었다. 손님들이었다. 누군가 나를 알아보고 빨리 오라고 손짓했다. 뛰었다.

10

잠시 북적거리던 손님들도 가고 훅과 나, 둘이 남았다. 긴 탁자에 두 팔을 올리고 앉아 있던 훅이 일어서면서 말했다.

"혹시 말이야, 꼬마, 공항에 있을지도 몰라. 전에 꼬마가 나한테도 공항 이야기를 한 적이 있거든. 공항이 아버지와 가장 가깝다고 했는데 그때는 대수롭지 않게 들었어."

훅과 나는 마주 보았다. 그리고 동시에 벽에 걸린 시계를 보았다. 11시가 막 지났다. 마침 손님도 없었다.

"지금?"

내가 묻자 훅이 약간 주저했다. 편의점 안을 휘둘러보면서 "여긴 어쩌고?" 하고 물었다.

"하룻밤쯤은 괜찮겠죠."

내 말이 떨어지자마자 훅이 뛰어나갔다. 나는 유리문에 걸린 안내판을 '부재중'으로 바꿔 놓고 문을 잠갔다. 훅은 벌써 보온 덮개를 벗기고 스쿠터에 올라앉아 있었다.

"내가 하지."

훅이 열쇠를 낚아채듯 받아 시동을 걸었다. 나는 뒷자리에 올라탔다.

부앙——

사거리는 금방 벗어났다.

훅의 운전 방식은 좀 대범했다. 브레이크를 조잡하게 잡지 않고 원을 크게 돌았다. 그 정도면 뒤에 탈 만했다.

스쿠터 뒷자리에 타 보는 건 오랜만이었다. 어렸을 때는 외할아버지가 스쿠터 뒤에 자주 태워 줬다. 더 어린 아이일 때는 뒤가 아니라 앞쪽에 탔다. 그러면 외할아버지 품에 안겨 있는 것처럼 되었다. 그렇게 외할아버지 스쿠터를 타고 밤바람을 쐬며 돌아다녔다. 여름밤에 스쿠터를 타고 다니는 기분은 말로 다 할 수 없이 좋다. 겨울밤도 마찬가지다. 두툼한 방한복에 마스크까지 완전 무장한 채 스쿠터를 타고 겨울 밤바람을 가르면 짜릿했다. 한 바퀴 돌면 온몸이 얼얼했지만 싫다는 소리는 한 번도 안 했다. 나중에 내가 수지를 뒤에 태우고 돌아다닌 한강변이나 갯벌, 민통선 부근은 어렸을 때 외할아버지와 함께 다닌 곳들이었다.

인근 지역은 더 훤했다. 그곳이 농경지에서 공장 지대로, 신지구로 바뀌는 것을 보면서 자랐다. 램프의 요정 지니가 하룻밤 사이에 만들어 내는 도시처럼 이런저런 건물들이 올라가기 시작하더니 어느새 거대한 도시가 되어 있었다.

공항 철도 역에서 훅이 스쿠터를 세웠다.

"스쿠터로는 대교를 못 건너. 전철 타고 들어가야 돼."

보관대에 스쿠터를 묶어 두고 한 번 툭 두드려 주었다. 저도 더 달리고 싶을 텐데 혼자 낯선 곳에 묶여 있어야 하니 서운할 거 아닌가.

"얼른 가자."

훅 뒤를 따라 뛰었다.

"막차 놓치지 않으려면."

"막차요?"

"공항까지 들어가는 철도가 12시 무렵에 끊겨."

우리는 에스컬레이터를 뛰어올라 막 문이 닫히려는 차량 안으로 빨려 들어갔다. 전철 안은 거의 텅 비어 있었다. 몇 사람이 드문드문 앉아 있을 뿐이었다. 훅과 나는 앉지 않고 선 채로 어둠 속에서 빠르게 스쳐 지나가는 풍경을 내다보았다.

"젠가 저기 있네."

훅이 중얼거렸다. 멀리 보이는 고층 건물들이 나무 블록을 쌓아

올린 젠가 같다는 말이었다. 내가 보기에도 그랬다. 불이 밝혀진 어느 한 층을 뽑아 꼭대기에 올려도 될 것 같았다. 나는 손가락으로 젠가 조각을 빼내 꼭대기에 얹는 시늉을 했다.

"뭐야."

훅이 속삭였다.

"밑 칸 빼기."

그러자 훅 역시 중간 어디쯤의 조각을 하나 빼내 탑 위에 얹었다.

"젠가 좋아하나."

"몇 번 해 봤습니다."

"여간해선 잘 안 무너지지."

"하지만 결국 무너지죠."

"맞아, 그 아슬아슬함이 젠가의 묘미이기도 하고."

훅과 나는 웃었다.

바다를 가로지르는 대교를 통과하고 있었다. 대교는 꽤 길었다. 지금까지 내가 건너 본 다리 중에서 가장 길었다.

곧 공항에 도착한다는 안내 방송이 흘러나오자 거대한 은색 캐리어를 앞세운 여자가 천천히 일어섰다. 훅과 나는 동시에 그 캐리어를 보았다. 소형 컨테이너에 버금가는 크기의 캐리어가 번쩍번쩍했다. 어쩌면 여행이 아니라 이사를 가는지도 모른다.

문이 열렸다.

"가자."

훅이 내 등을 툭 쳤다.

거침없이 발길을 옮기는 훅을 뒤따라 다녔다. 밤중이지만 공항은 훤했다. 훅과 나는 출국장을 한 바퀴 돌았다. 사람들을 유심히 살폈지만 꼬마 수지와 아줌마는 보이지 않았다.

"여기가 아니야."

훅이 중얼거렸다. 그 순간 나도 알아차렸다. 꼬마 수지가 공항에 있다면 출국장이 아니라 입국장에 있을 것이다. 꼬마 수지 아버지가 온다면 입국장으로 들어올 테니까. 훅과 나는 입국장을 향해 뛰었다.

하지만 입국장에서도 꼬마 수지는 보이지 않았다.

"없어요."

"중국에서 온다면, 배를 타고 올 수도 있는데……."

"그럼 부두로 가 봐야 합니까."

그렇게 대꾸하긴 했지만 정말 선착장에 가 볼 생각은 없었다. 그건 훅도 마찬가지였다. 꼬마 수지는 아버지를 기다리러 공항에 오는 것이 아니다. 아버지와 가까이 있고 싶어서 오는 것이다. 굳이 말하지 않아도 그 정도는 알았다. 우리는 입국장을 빠져나왔다.

"공항엔 없는 것 같군."

"예."

"너무 걱정은 말자고. 어디 숨어 있다가 마음이 풀리면 나타나겠지. 어쩌면 지금…… 편의점 앞에서 기다릴 수도 있잖아?"

그 말을 듣고 나니 갑자기 마음이 급해졌다.

"돌아가요!"

돌아올 땐 대교를 넘기 위해 택시를 탔다. 나가는 철도를 타려면 첫차가 다닐 때까지 기다려야 했는데, 새벽까지 공항에서 시간을 죽일 수는 없었다.

택시가 대교를 건너는 중에 훅이 불쑥 물었다.

"학교는 왜 때려치웠나?"

그건 좀 곤란한 질문이었다. 엄마 문제 다음으로 말하기 싫은 게 바로 학교 문제였다. 누가 학교를 그만둔 이유를 물어보면 패싸움에 휘말려서,라고 대답했다. 그건 일정 부분 사실이었다. 그 무렵 나는 어떤 싸움이건 머리부터 들이밀고 봤으니까. 패싸움에 가담한 일 때문에 처벌을 받을 뻔한 적도 있다.

하지만 학교를 그만둔 결정적인 이유는 따로 있었다. 그건 이유라기보다 어떤 순간이었다. 어떤 순간에 낯선 힘이 불쑥 나를 움직이게 했던 것 같다. 아무튼 그날 그 순간 내 몸이 그렇게 움직였고, 나는 그대로 따랐다. 그 엄청난 기분을 어떻게 설명하나.

훅의 물음에 이렇게 답했다.

"그냥 가방 싸 들고 나왔습니다."

"왜."

"나도 잘 모르겠습니다."

"문제 일으켰나?"

"문제도 일으키긴 했어요. 하지만 학교를 그만둘 만큼은 아니었어요."

입 다물고 있는 훅을 한 번 슬쩍 보고 말을 이어 갔다.

"땜빵으로 들어온 선생님이 해 준 여행 이야기 때문일지도 모릅니다."

"여행을 가고 싶었나?"

"그건 아니고, 그러니까…… 그건 좀 다른 거였어요."

"다른 거?"

"기분이 좀 그랬다는 말입니다."

"어떤 이야기였기에."

"선생님은 고대 도시 유적지에 다녀왔다고 했습니다. 클레오파트라인가 하는 이집트 여왕이 연인하고 머물기도 했던 곳이라고."

"그런데?"

"고대에 번성했던 그 도시가 땅속에 파묻혔다가 수천 년이 지난 지금 발굴되고 있는데…… 그곳을 걸어 나오면서 어떤 생각을 하게 됐다고 했습니다."

훅이 나를 바라보는 게 느껴졌지만 나는 고개를 돌리지 않고 말을 이었다.

"무슨 일을 하건 한 인간의 일이 아니라 인류 전체의 일로 생각

해야 한다, 그 생각을 끈질기게 하면서 살아야 한다, 그런 깨달음
이 들었다고요."

"……."

"선생님은 '인류'라는 말이 거대한 흐름을 뜻한다고 했어요. 한
사람의 인생은 정말 별게 없지만, 그렇다고 인생이 아주 텅 빈 건
아니라고, 그게 그 흐름 때문이라고 했습니다. 우리는 흐름 속으로
사라져 버리는 게 아니라, 흐름 속에서 살아가는 거라고요."

"……."

"그때 선생님 목소리가 떨리더라고요. 울음을 참는 것 같았습니
다. 나는 그냥 엎드려서 꼼짝 안 했어요. 나뿐 아니라 다른 애들도
거의 다 엎드려 있고. 애들도 선생님이 운다는 걸 알았을 텐데 모
두 꼼짝 않고 있더라고요."

훅은 묵묵히 내 말에 귀를 기울였다.

"그 수업이 끝나고 쉬는 시간에 가방을 싸 들고 나왔습니다."

"……."

"그러곤 며칠 뒤에 자퇴 신청서 냈습니다."

자리에 그대로 앉아서 얌전하게 다음 수업을 받다가는 불덩어
리가 나를 화르륵 집어삼킬 것 같았다는 말은 하지 않았다.

다리를 거의 건넜을 즈음 훅이 물었다.

"학교로 돌아갈 건가?"

"글쎄요."

택시에서 내리자마자 저 멀리 광장 구석에서 우리를 기다리는 스쿠터를 향해 뛰었다. 돌아올 때는 내가 스쿠터를 몰았다. 광대한 우주 공간을 가로지르기라도 하듯 꽝꽝 얼어붙은 밤의 대기 속을 달렸다.

11

원룸 골목들을 지나자 곧 편의점이 보였다.

"저기."

훅도 벌써 본 모양이었다. 편의점 유리문에 얼굴을 들이대고 안을 들여다보는 꼬마가 보였다. 그랬다. 꼬마 수지가 편의점 앞에 있었다. 꼬마 수지 엄마는 잔뜩 웅크린 채 데크에 서서 우리 쪽을 보고 있었다.

"어디 갔다 와!"

스쿠터를 세우자마자 꼬마 수지가 소리쳤다. 훅과 나는 그야말로 훅훅 움직였다. 훅이 스쿠터를 난간에 바싹 대고 묶는 동안 나는 서둘러 문을 땄다.

"추워 죽을 뻔했어!"

그 잠깐 사이에도 꼬마 수지가 발을 동동 굴리면서 잔소리를 쏟아 냈다.

문을 열어젖히고 아줌마와 꼬마 수지를 편의점 안으로 몰아넣다시피 했다. 안으로 들어가자마자 꼬마 수지가 뜨거운 물을 받아 자기 엄마 앞에 내밀었다.

"너 먼저 마셔."

아줌마가 또렷한 음성으로 말했다. 훅과 나는 순간 숨을 멈추고 아줌마를 쳐다보았다. 꼬마 수지가 말했다.

"우리 엄마 이제 괜찮아."

"뭐?"

"이제 안 아프대. 그렇지?"

꼬마 수지가 올려다보자 아줌마가 고개를 끄덕였다.

"도시락 안 남았어? 배고파 죽겠어."

꼬마 수지가 개방 냉장고 쪽으로 뛰어가면서 물었다.

"그런데 둘이 어디 갔다 온 거야? 가게 문까지 닫아 놓고. 아저씨한테 말은 하고 돌아다니는 거야?"

종알거리는 꼬마 수지를 보다가 문득 정신을 차리고 개방 냉장고 앞으로 갔다. 내가 다가서자 꼬마 수지가 혀를 차면서 나무랐다.

"거봐, 가게 안 보고 돌아다니니까 재고가 이렇게나 생기지. 못 살아, 정말!"

나는 개방 냉장고에서 꼬마 수지가 좋아하는 돈가스 도시락과 장어덮밥 도시락을 꺼냈다.

"둘이 진짜 어디 갔다 온 거야?"

의자에 올라앉으면서 꼬마 수지가 또 물었다. 훅과 나는 서로 눈치를 살폈다. 꼬마 수지를 찾으러 공항까지 다녀온 일은 비밀로 하자고 무언의 눈빛을 주고받았다.

"좋은 데 갔다 왔지."

내가 말했다.

"하필 나 없을 때 가기야! 다음엔 나도 데려가."

말은 그렇게 하지만 꼬마 수지는 벌써 돈가스 도시락에 정신이 팔려 있었다.

"그동안 어디 있었어?"

아줌마가 창고 안으로 들어가는 걸 보고 내가 꼬마 수지한테 물었다.

"공항."

순간 훅과 나는 서로를 마주 보았다. 이번에는 훅이 물었다.

"계속 공항에 있었어?"

그러자 꼬마 수지가 무슨 말인지 알겠다는 듯 큭큭 웃으면서 대답했다.

"잠은 찜질방에서 잤어. 공항에 있는 찜질방도 좋아!"

꼬마 수지의 말에 잠시 침묵이 흘렀지만 긴장은 한결 누그러져 있었다.

　"근데 이제 공항 안 갈 거야."

　꼬마 수지가 중얼거렸다.

　"이제 거기서 안 기다려도 돼."

　"그건 왜?"

　내가 조심스럽게 물었다.

　"여기 있어도 올 때 되면 온댔어."

　"아빠가? 아빠랑 연락됐어?"

　"응. 그리고 엄마도 이제 아프지 않댔어."

　"……."

　"이제부터 엄마가 다 알아서 한댔어."

　그때 뭔가 바닥으로 탁 떨어지는 소리가 났다. 창고 안이었다. 나는 서둘러 창고로 발을 들여놓다가 입구에서 우뚝 멈춰 섰다. 아줌마가 목장갑을 끼고 있었다. 코트를 벗고 블라우스 소매까지 걷어붙인 채였다. 샛노란 블라우스가 어쩐지 눈에 익었다.

　"창고 정리 좀 하려고."

　"괜찮습니다. 그냥 두세요."

　내가 얼버무리듯 말했다.

　"내가 하고 싶어서 그래."

　아줌마가 소매를 더 걷어 올리더니 팔목에서 까만 머리 끈을 빼내 머리를 뒤로 묶었다.

"걱정 마. 이거 조금만 정리하고 나갈 거니까."

더 이상 대꾸해서는 안 될 것 같았다. 나는 창고 밖으로 나왔다.

거리는 여전히 어두웠다. 하지만 밤의 흑점은 이미 지난 시간이었다. 꼬마 수지와 아줌마, 훅, 나, 넷이 나란히 긴 탁자에 앉아 밖을 내다보았다.

"조금 있으면 아침이다."

아직 새까만 어둠을 보면서 꼬마 수지가 중얼거렸다. 그때 불현듯 보일러 생각이 났다. 늦은 감이 없지 않지만 어쨌든 알려 주고 싶었다.

"집에 가 봤어?"

"아니."

"보일러 고쳐 놨다더라."

"오빠가 그걸 어떻게 알아?"

"가 봤지."

"101호 아줌마한테 확인한 거야?"

"당연하지."

"그런 건 얼른 알려 줘야지!"

꼬마 수지가 종알대면서 의자에서 내려섰다. 창고 안으로 뛰듯이 들어가 코트를 들고 나왔다. 코트를 받아 입는 자기 엄마를 바라보고 있다가 꼬마 수지가 말했다.

"우리 엄마가 다코야키 장사할 때 입던 유니폼이야."

"뭐가?"

"노란 블라우스."

"유니폼?"

내가 되묻자 아줌마가 입을 열었다.

"지난봄에 사거리 영화관 앞에서 다코야키 장사했었는데……
기억 안 나요? 난 학생 기억하는데."

"오빠 그때 어떤 언니랑 스쿠터 타고 와서 다코야키 사 가고 그
랬잖아!"

아줌마 말이 끝나자마자 꼬마 수지가 덧붙였다.

생각났다. 사거리 영화관 근처에는 한때 이런저런 노점들이 늘
어서 있었다. 옷, 액세서리, 때로는 건어물이나 신발을 파는 노점
도 있었다. 그리고 노점에 이어 붕어빵 마차, 닭꼬치 마차 같은 것
도 있었다. 그 곁에 다코야키 포장마차가 있었다. 수지와 다코야키
를 사려고 포장마차 앞에 줄까지 섰던 적이 두어 번 있었다. 다코
야키를 굽던 아줌마는 샛노란 블라우스를 입고 있었다. 샛노란 위
생 모자를 쓰고, 하얀 앞치마를 둘렀다. 다코야키 마차도 노란색
이었다.

"그럼 그때 그 아줌마가……."

아줌마를 쳐다보았다. 아줌마가 고개를 끄덕였다.

"그런데 왜 그만뒀습니까?"

꼬마 수지와 아줌마 표정이 동시에 어두워졌다. 묻지 말아야 할 것을 물은 모양이었다. 서둘러 말을 돌렸다.

"그 다코야키, 비법이 뭡니까? 맛 좋았는데."

그러자 아줌마가 소리 없이 웃었다.

"정말 맛있었어요?"

"네, 그 친구도 좋아했습니다. 걔가 원래 까다로운데, 속에 든 문어가 진짜 같다고 했어요."

"고마워요. 싸구려 문어를 쓰면 종잇장처럼 퍽퍽하고 질겨서 난 그런 거 안 썼어요."

아줌마가 빙긋이 미소를 지은 뒤 갈 준비를 마쳤다는 듯이 꼬마 수지 어깨에 손을 올렸다. 그런데 꼬마 수지가 불쑥 말했다.

"사람들이 와서 우리 마차를 다 망쳐 버렸어!"

"망치다니?"

아줌마가 꼬마 수지 어깨를 서둘러 출입문 쪽으로 돌려세웠다. 더 이상 얘기하지 말라는 뜻이었다.

딸랑.

꼬마 수지와 아줌마가 나갔다. 종소리의 여운이 가시자 나는 유리문 앞에 바싹 다가서서 그 둘이 걸어 들어간 원룸 골목을 내다보았다. 저 멀리 명왕성에라도 다녀온 것처럼 길고 길었던 밤이 지나고 있었다.

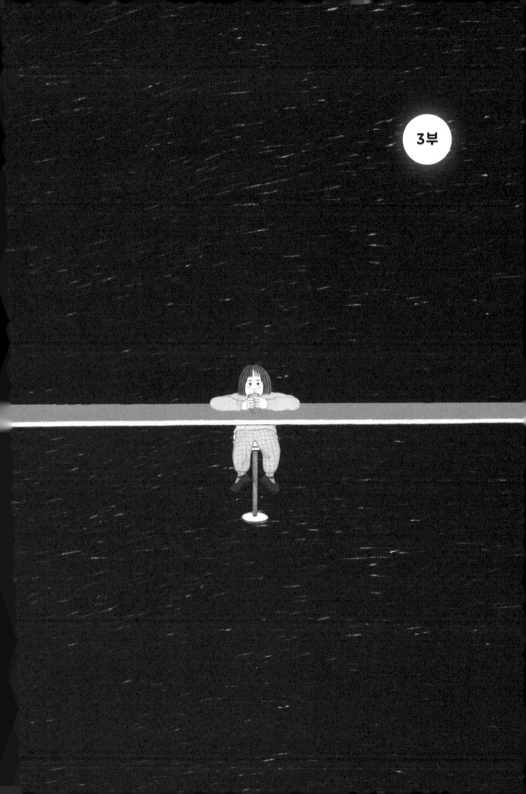

1

삼호 연립 쪽으로 방향을 잡았다.

부앙—

수지가 지하 굴을 뜬 지가 언젠데 삼호 연립은 이제야 철거되고 있었다. 몇 개월 후면 저 자리에 새 건물이 들어설 예정이다. 그러면 사람들은 삼호 연립 같은 건 까맣게 잊을 것이다. 저 삼호 연립 지하 굴에 수지가 살았다는 것도 아무도 기억하지 않을 것이다. 원래 없던 일보다 더 없던 일이 되고 말 것이다.

언젠가부터 내가 자기를 만나기 껄끄러워한다는 걸, 수지도 눈치채고 있었겠지. 눈치 빠른 수지가 몰랐을 리 없다.

그날 일을 떠올렸다. 그날 이후 수지를 마주하는 일이 힘들어졌으니까.

그날 밤에도 삼호 연립 마당에 스쿠터를 세워 두고 수지를 기다렸다. 어쩐 일인지 수지가 금방 나오지 않았다. 한 십 분 기다리다가 안 나오면 그냥 가려고 했다. 그런데 수지가 올라왔다.

"멀리 가지 마."

스쿠터 뒤에 올라타면서 수지가 말했다. 어디로 가나, 생각했다. 답은 또 수지가 했다.

"거기 가자. 마계."

나는 크게 숨을 몰아쉬고 마계 쪽으로 길을 잡았다. 삼호 연립에서 마계는 금방이었다. 구지구는 좁은 동네니까.

수지를 앞세우고 마계 건물의 계단을 올랐다. 손전등 불빛에 시멘트 가루인지 먼지인지 모를 티끌들이 풀풀 날아오르는 게 보였다. 녹슨 철골이 모서리마다 튀어나온 계단을 밟으며 수지는 아무 말이 없었다. 평소 같으면 한마디 했을 법도 한데 입을 꾹 닫고 있었다.

이윽고 마계 꼭대기 층이었다. 마지막 계단에 올라서자마자 수지가 대책 없이 걸어 나갔다.

"조심해라."

한마디 했다. 난간도 없는 꼭대기니 생각 없이 걸어 다니다가는 어떻게 될지 몰랐다. 수지가 선 곳은 한가운데쯤이었다.

수지가 옆으로 멘 가방을 뒤적거리면서 바닥에 앉았다. 늘 그랬듯 이어폰을 꺼내려는 듯싶었다. 그런데 그날 수지는 다른 물건을 꺼냈다. 탁상 달력만 한 물건이었다.

"이건 뭐냐."

수지 곁에 앉으면서 물었다.

"아이패드 처음 봤어?"

"어디서 났냐."

"동생 거."

손에 들고 손가락으로 눌러 가며 들여다보는 물건에는 취미가 없다. 그런데 음악이 시작되고 불꽃이 탁탁 튀어 오르는 영상이 열리자 기분이 좀 그랬다. 난 원래 스쿠터 달리는 소리나 들어야 기분이 나지만, 그날 수지가 끌어낸 음악은 스쿠터 모터 소리와 다를 바 없었다.

"한 번 더 듣자."

다른 음악으로 막 넘어가려는 찰나 내가 짧게 말했다. 그러자 수지가 날 슬쩍 쳐다보았다.

"뭐냐, 이 음악."

음악 듣는 취미도 없고, 음악의 계보 따위에는 관심도 없지만 그날은 궁금했다.

"마음에 들어?"

수지가 되물었다.

나는 아무 대답 없이 다리를 쭉 뻗고 앉아서 손전등을 바닥에 내렸다. 어두운 바닥의 끝을 향해 뻗어 나가는 손전등 불빛을 바라보면서 음악을 들었다. 조금 전처럼 기분이 출렁거리지는 않았다. 그래도 음악이 없는 것보다는 있는 게 좋았다.

"손전등 좀 꺼 봐."

수지가 속삭였다.

툭.

"더 낫네."

마계 꼭대기에서는 낮보다 밤이 견딜 만하고, 손전등을 켤 때보다 끌 때가 낫다. 어둠 속이라면 마계도 견딜 만하다.

음악도 그렇고 어둠도 그렇고, 긴장이 풀려서였을 것이다. 아니면 그 음악이 나를 충동질했을 수도 있다. 내 입에서 이런 말이 튀어 나갔다.

"삼호 연립은 언제 철거되냐?"

수지가 한참 숨죽이고 있다가 이렇게 말을 받았다.

"내가 빨리 이사 가 버렸으면 좋겠어?"

"그런 뜻 아니다."

내 생각을 정확하게 말할 수 없었다. 수지가 빨리 이사 가 버렸으면 싶은 마음과 수지가 저따위 지하 굴에서 어서 벗어났으면 싶은 마음이 뒤섞여 있었다. 그 복잡한 마음을 어떻게 명확하게 말하나. 나도 내가 답답했다.

지금 생각해 보니 그게 그거였다. 그때 나는 수지가 언젠간 떠날 거라는 걸 알고 있었다. 그리고 수지가 이사 가기 전까지만 스쿠터 뒤에 태우고 다니자고 생각하고 있었다. 수지가 간 후에는? 그다음은 생각해 두지 않았다.

밤이면 수지를 뒤에 태우고 온 데를 쏘다니는 일과 수지와 함께 먼 미래를 계획하는 일은 다른 문제였다. 이 구지구에서도 가장 구질구질한 삼호 연립. 그 삼호 연립에서도 가장 컴컴한 지하 굴에 사는 수지. 깔창 두 개를 깔아도 기우뚱한 걸음을 아주 감출 수 없는 수지. 학교도 집어치우고 지하 굴에 처박혀 전자 부품 조립이나 하는 수지와 먼 미래까지 엮이는 건, 그건 좀 겁나는 일이었다.

수지도 그런 내 생각을 알았을 것이다. 눈치 빠르기로는 우리 외할머니보다 더한 수지가 몰랐을 리 없다. 내 생각을 들키지 않으려고 늘 긴장했지만, 결국은 그런 식으로 꺼내 놓고 말았다. "삼호 연립은 언제 철거되냐?"라는 말로.

수지는 그냥 묵묵히 입을 다물고 있었다. 더는 아무 의견도 없는 사람 같았다.

2

나중에 알게 된 이야기가 있다. 꼬마 수지네 이야기다.

꼬마 수지네가 원룸가에 들어온 건 일 년 전 2월이었다. 이곳에 오기 전에 꼬마 수지 아버지는 프랜차이즈 커피점과 베이커리를 운영하는 사장이었다. 그 전에는 금융 회사 직원이었다.

금융 회사에 다닌 지 팔 년째 되던 해 꼬마 수지 아버지는 퇴직하고 프랜차이즈 베이커리를 차렸다. 큰길 모퉁이의 좋은 자리에 개점한 베이커리는 예상보다 장사가 잘되었다. 몇 년만 그 상태를 유지한다면 대출금을 갚고 부자가 될 수도 있을 것 같았다.

그런데 베이커리를 시작한 지 얼마 되지 않아 옆 건물에 다른 프랜차이즈 베이커리가 들어섰다. 당시 광고를 가장 많이 하던 업

체의 베이커리였다. 그러자 꼬마 수지네 가게의 손님은 줄어들었고, 당장 피해를 입기 시작했다. 그렇게 일 년이 더 지났다. 더 이상 손해를 감당할 수 없다고 생각한 꼬마 수지 아버지는 손실을 메울 다른 방법을 찾았다.

그 방법이란 커피 전문점을 내는 거였다. 당시만 해도 근처에 카페가 없었다. 꼬마 수지 아버지는 그 점을 간파하고, 일단 프랜차이즈 카페를 먼저 시작한 다음 베이커리를 접기로 했다. 그래야 은행에서 대출받기가 쉬웠다. 게다가 아무리 손해를 보고 있다 해도 베이커리는 매일 현금을 손에 쥘 수 있는 장사였다. 무엇보다 영업을 계속해야 권리금을 받고 가게를 넘길 수 있었다.

커피 전문점은 열자마자 손님이 몰려들었다. 큰 이익을 안겨 줄 것 같았다. 그때쯤엔 옆 베이커리로 몰려갔던 고객들도 서서히 돌아오고 있었다. 그러자 꼬마 수지 아버지는 생각을 바꿨다. 만족할 만한 권리금을 받게 될 때까지 베이커리를 처분하지 않고 카페와 함께 운영하기로 했다. 두 상점은 그럭저럭 안정적인 매출을 올려 주었다.

그런데 이상했다. 시간이 지날수록 돈은 점점 부족해지기만 했다. 수입이 적지 않았지만, 항상 들어오는 돈보다 나가야 할 돈이 더 많았다.

꼬마 수지 아버지는 돈에 관해서라면 계산이 빠른 사람이었다. 돈이 어떻게 도는지 누구보다 잘 아는 사람이었다. 그런데 도무지 이해할 수 없는 게 바로 '프랜차이즈'였다. 프랜차이즈 상점은 한 사람이 몇 개씩 운영해도 될 만큼 손쉽고, 돈 벌기도 쉬운 장사가 아니던가.

하지만 프랜차이즈 장사의 위험은 눈에 보이지 않는 곳에 있었다. 그것은 들어오는 돈을 그가 온전히 가져 볼 틈이 없다는 것이었다. 손써 볼 새도 없이 돈은 여러 명목으로 프랜차이즈 본사에 빨려 들어갔다. 편리함과 안전으로 포장된 프랜차이즈 장사란 그런 거였다.

'이런 방식에는 미래가 없다.'

이제 꼬마 수지 아버지는 어렴풋이 눈치채고 있었다.

그 무렵 인근에 새 건물들이 지어지고 커피 전문점들이 속속 들어서기 시작했다. 크고 작은 카페가 반년 사이에 무려 세 개나 더 생겼다. 손님을 계속 끌기 위해 인테리어를 새로 하니 재투자 비용이 나갔고, 가격 경쟁도 시작되었다. 꼬마 수지 아버지는 어떻게든 버티려고 안간힘을 썼다.

그러나 곧 빈털터리가 되었음을 깨닫고 말았다. 아직은 상점 두 개를 가진 주인이지만 빈털터리나 다름없다는 것을. 그는 손을 털려고 했다. 버티는 시간이 길어질수록 빚도 늘어날 것이었다.

하지만 그런 마음을 먹었을 때는 이미 프랜차이즈 본사가 먼저 손을 쓴 다음이었다. 커피 전문점 본사는 매출이 줄어드는 것을 빌미로 꼬마 수지네 가게를 무시하고 근처에 다른 가맹점을 냈다.

꼬마 수지 아버지가 프랜차이즈의 핵심 술수를 알아차린 건 그때였다.

'당신이 아니어도 얼마든지 이용할 사람은 많다. 조금이라도 더이익을 가져다주는 쪽으로 얼마든지 교체 가능하다.'

이것이 프랜차이즈 본사의 생각이었다.

프랜차이즈 본사와 가맹점의 관계는 돈이 수혈되지 않으면 금세 깨져 버린다. 그 관계에는 어떤 의견도, 어떤 사정도, 어떤 감정도 고려되지 않는다.

그 무렵 베이커리 상점의 건물 주인이 가게를 비워 달라고 요구했다. 별다른 수가 없었다. 베이커리가 빠진 자리에는 다른 대형 커피 전문점이 들어섰다. 소문을 듣자 하니 건물주가 직접 사업에 뛰어들었다고 했다. 크고 화려한 커피 전문점이 들어서자 인근의 작은 카페들은 문을 닫거나 업종을 바꾸거나 가격을 대폭 내릴 수밖에 없었다.

"이상하다."

꼬마 수지 아버지는 입버릇처럼 중얼거렸다.

그때까지만 해도 아직 감을 잡지 못한 게 있었다. 그건 불과 몇년 사이에 떠안게 된 빚이었다. 단지 빈털터리가 되었다고 생각했는데, 실상은 엄청난 '마이너스' 상태에 빠져 있었던 것이다. 제로 상태라면 다시 시작해 볼 수도 있겠지만, 마이너스 상태에서는 발버둥 치면 칠수록 더욱 깊은 마이너스 지대로 떨어져 내린다.

"이상하다."

지금껏 쉬지 않고 일해 왔다. 누구를 속인 적도 없었다. 지나칠 만큼 성실했다.

어디서부터 어떻게 잘못되었을까. 꼬마 수지 아버지는 혼자 방 안에 웅크리고 누워 생각했다.

'내가 불운한 건가. 나만 불운한 건가.'

그는 거듭 생각했다.

'이건 불운이 아니다. 방식이 잘못된 거다. 그렇다면 어디서부터 어떻게 잘못된 건가.'

이 지역 원룸으로 짐을 옮긴 얼마 후였다. 꼬마 수지 아버지는 중국에 가기로 했다. 원대한 희망이 있어서는 아니었다. 가만히 누워서 죽기를 기다릴 수는 없었다. 이건 인생이었다. 살아 있는 한 살아 내야 했다. 꼬마 수지 엄마도 남편의 결정에 동의했다.

꼬마 수지 아버지는 중국으로 가면서 냉장고에 메모 하나를 붙여 두었다고 한다.

내 걱정은 말고 언제나 즐겁게 살아라.

그 메모에 깃든 희망처럼 꼬마 수지 엄마는 기운을 내서 다코야키 포장마차를 시작했다. 영화관 근처는 사람들이 꽤 다니는 길목이라서 그럭저럭 장사가 되었다. 그런데 포장마차를 시작한 지 몇 달 되지 않은 어느 날 몇 명의 남자들이 포장마차에 찾아왔다. 다짜고짜 공터로 마차를 끌고 간 사내들이 마차를 부수고, 말리려는 꼬마 수지 엄마를 폭행했다. 이 근처에서는 어떤 장사도 하지 말라는 엄포와 함께.

나중에 알게 된 바에 따르면 그들은 사거리 근처 상점 주인들이 고용한 깡패였고 다른 노점들도 똑같이 당했다고 한다.

그 사건 후 꼬마 수지 엄마는 말문이 막혀 버렸다. 무슨 말을 하려 해도 목소리가 나오지 않았다. 병원에 갈 생각은 하지 않았다고 한다. 말문이 왜 막혔는지 알기 때문이었다.

얼마 전 듣게 된 이야기도 마저 하겠다.

어느 날, 자정이 넘은 시간이었다. 아직 봄은 아니지만 봄기운이 맴도는 밤이었다. 캣맘 아줌마와 꼬마 수지 엄마가 이런저런 이야기를 나누었다. 나는 두 사람의 대화에 조용히 귀를 기울였다.

"막상 말문이 막히고 나니 배짱이 생기더군요. 말문이 막히면 막힌 대로 있어 보자…… 그런 생각이 들더라고요. 우리 애가 걱정이긴 했지만 어쩔 수 없었어요. 그때는 그저 함께 있는 것밖에는 할 수 있는 일이 없었어요."

캣맘 아줌마가 그 심정을 알겠다는 듯이 고개를 끄덕였다.

"처음엔 한순간에 추락한 줄 알았어요. 그런데 생각해 보니 갑자기 그렇게 된 게 아니었어요. 아주 오래전부터 추락하고 있었는데 모르고 있었어요. 잘되어 가고 있다고 착각했던 거예요. 나만은, 우리 가족만은 아니라고 우기고 있었던 거죠."

"……."

"지금은 후련해요. 사람들이 망하는 걸 겁내는 이유는 그다음에 어떻게 살아야 할지 막막하고 두려워서겠죠. 그런데 바닥으로 꺼졌다 해도, 망했다 해도 삶이 다 끝난 건 아니더라고요. 저도 그걸 알기까지 오래 걸렸어요. 결국 겁을 털어 냈더니 다른 방도를 찾아보자 싶더라고요. 삶의 모습은 하나가 아닌데, 꼭 한 가지 방식으로만 살아야 할 것처럼 매달려 왔던 것 같아요."

"맞아요. 이 방식의 삶이 망한다는 건, 다른 방식의 삶이 시작된다는 뜻일지도 몰라요. 다른 세상의 문이 열리는 거예요."

캣맘 아줌마가 꼬마 수지 엄마의 어깨를 토닥였다.

3

꼬마 수지가 자정이 넘어서 편의점에 왔다. 낮 동안 고양이 밥을 챙기러 오가는 건 알았지만, 밤에 보는 건 오랜만이었다. 혼자 왔기에 물었다.

"엄마는?"

"일하러 갔어."

"일?"

"식당에 취직했거든."

캣맘 아줌마가 소개해 준 식당인데 낮 시간엔 자리가 없어 우선 밤 시간에 일한다고 했다.

"나 여기 온 거 엄마한테는 비밀이야."

"왜?"

"밤에 돌아다니면 걱정하시잖아."

"그래, 어릴 때는 엄마 말 듣는 게 좋다."

꼬마 수지가 나를 빤히 쳐다보다가 피 하고 웃었다. 그러고는 마치 자기 지정석인 것처럼 창가 탁자에 가서 앉았다.

잠시 후에 내가 조심스럽게 말문을 열었다.

"옥상에서 불 피운 적 있냐?"

"누가 봤대?"

꼬마 수지가 되물었다.

"목격자가 한둘이 아니다."

내가 농담하듯 말하자 꼬마 수지가 내 쪽으로 돌아앉으면서 말했다.

"미나 언니가 봤겠지 뭐. 나도 그 언니 봤어."

"그랬냐."

"그 언니 요즘도 혼자 옥상에 잘 올라가."

"잠 깨려면 찬 바람만 한 게 없다."

"미나 언니 내려가고 나면 그 오빠도 옥상에 올라가."

"서로 번갈아 가며 잠 깨려는 거겠지. 대학 가는 거 쉽지 않다."

"대학 가려면 잠도 안 자고 공부해야 하는 거야?"

"다 그런 건 아니고."

"오빠는 그렇게 공부 안 해 봤지?"

"공부 얘긴 그만하자."

꼬마 수지가 쿡쿡 웃었다.

"있지, 난 공부 아주 많이 할 거야."

갑자기 꼬마 수지가 정색을 하고 말했다.

"많이 해서 뭐하게."

"뭘 좀 알아보려고."

"뭘?"

꼬마 수지가 한참이나 내 얼굴을 쳐다보다가 내가 민망해질 때쯤 이렇게 대답했다.

"이 세상 처음부터 끝까지."

공부를 해서 세상을 처음부터 끝까지 알아보겠다는 말은 처음 들었다. 하지만 그 말이 어쩐지 아주 중요한 말 같았다.

"그런데 옥상에서 불장난은 왜 했냐."

"그거 장난 아니야. 봉화야!"

"봉화?"

"오빠가 알려 줬잖아."

내가 그랬지, 하고 혼자 속으로 생각했다. 그런 나를 쳐다보던 꼬마 수지가 말을 이었다.

"그런데 오빠가 가르쳐 준 그거, 진짜 신호 맞아."

"무슨 말이냐."

"옥상에서 봉화 피운 다음에 아빠한테서 진짜 연락이 왔거든."

"정말?"

"응, 아빠가 페북에 들어왔어. 당장은 못 온대. 하지만 오긴 올 거래."

"거봐, 내 말이 맞지."

으쓱한 척하며 맞장구를 쳐 주었다.

"그래서 공항에 갔다 온 거야."

"당장은 못 온다면서."

"알아. 하지만 공항이 아빠와 가장 가까운 곳이잖아. 그래서 거기 갔다 온 거야. 엄마가 그러자고 했거든. 이 말 한 것도 엄마한텐 비밀이야."

그러곤 말이 끊겼다. 꼬마 수지도 말이 없고, 나도 입 닫고 할 일을 계속했다. 꼬마 수지는 여전히 턱을 괴고 앉아 있었다. 이런저런 청소를 하는데 꼬마 수지가 불쑥 물었다.

"오빠는 이다음에 어떤 사람 되고 싶어?"

"너는?"

기다렸다는 듯이 꼬마 수지가 답했다.

"좋은 사람."

그러고는 꼬마 수지가 내 대답을 기다린다는 듯이 나를 물끄러미 쳐다보았다.

"사실은 나도 그렇다."

머쓱해지긴 했지만 영 아닌 말을 한 것 같지는 않았다.

창밖을 내다보며 앉아 있는 꼬마 수지한테 좋은 사람이 어떤 사람이냐고 묻지는 않았다. 뭐하러 묻나. 그런 건 물어볼 필요 없는 거지.

그사이 손님이 몇 명 들어와 이런저런 물건을 사 갔다. 마지막 손님이 나가자 꼬마 수지가 의자에서 내려섰다.

"가야 돼. 엄마가 관리인 아줌마한테 전화할지도 몰라. 나 얌전히 방에 있는지 확인하러."

"데려다줄게."

내가 나서려고 하자 꼬마 수지가 답했다.

"가게나 지켜. 난 뛰어가면 돼."

"어둡다."

"우리 동넨데 뭐."

꼬마 수지가 막 나가려고 할 때 캣맘 아줌마가 전해 주라던 찜질방 쿠폰이 생각났다. 꼬마 수지는 내가 서둘러 내민 쿠폰을 물끄러미 보다가 말했다.

"이제 이거 필요 없어. 오빠나 써."

"나도 필요 없다."

내가 꼬마 수지 앞으로 더 바싹 내밀었다. 그러자 꼬마 수지가 고개를 내저었다.

"그럼 고양이들한테 줘!"

"고양이들한테?"

데크 위에 올라앉아 발바닥을 핥고 있는 고양이를 가리키며 되물었다.

"그래, 쟤들!"

"그럼 그러자!"

내가 호쾌하게 답하자 꼬마 수지가 까르륵 웃었다.

딸그랑 딸랑.

종소리도 요란하게 꼬마 수지가 문을 밀치고 나섰다.

4

　오랜만에 훅이 왔다. 거의 일주일 만이었다. 컵라면에 물을 붓는 훅을 보면서 생각했다. 이제 스쿠터 찾기를 포기한 건가. 하기야 한번 잃어버린 물건 찾기가 어디 쉽나. 스쿠터 찾는 일은 어떻게 되어 가냐고 물으려다가 엉뚱한 걸 물었다.

　"어느 원룸 삽니까?"

　훅이 원룸가에 사는 건 알지만 정확하게 어느 원룸인지는 몰랐다. 생각해 보면 우린 서로 이름도 몰랐다. 그런 것들을 몰라도 함께할 수 있다는 게 신기할 정도였다.

　"유빌리지."

　"아, 거기."

유빌리지는 원룸가 마지막 블록에 있다. 원룸가에서는 구석에 속한다.

"그 집에 대해 좀 아나?"

훅이 젓가락을 쪼개면서 물었다.

"이런 말 하긴 좀 그렇지만 날림 공사로 유명합니다."

"건축도 아나?"

"여기 있으면 어지간한 소문은 듣게 됩니다. 여태 안 무너진 게 다행일 겁니다."

훅이 컥 하고 헛웃음을 뱉으면서 젓가락으로 라면을 건져 올렸다. 후루룩 라면을 삼키는 훅을 보면서 불쑥 물었다.

"언제부터 거기 살았어요?"

"일 년쯤."

"이 편의점 연 시기하고 비슷하네요."

"그런가."

훅은 라면 국물을 후후 불어 가면서 마셨다. 이번에는 작정하고 물었다.

"왜 이 동네 삽니까?"

"기숙사 탈락해서 여기 원룸을 얻었지. 학교까지 거리가 좀 있기는 하지만 스쿠터 타고 다닐 생각에."

"역시 대학생이었군요."

"이젠 아니야. 그만두기로 했으니까."

"학교 때려치우고 스쿠터 찾으러 다니게요?"

농담처럼 웃으면서 던진 말을 혹은 진지하게 받았다.

"얼마 전에 내 스쿠터 봤어."

"어디서요?"

"누군가 잘 타고 다니는 거 같더라고. 그쪽 말마따나 완전히 변신시켜 가지고."

"그래서 어떻게 했습니까?"

"그냥 보고만 왔어. 나랑 있을 때보다 더 좋아 보이더라고. 반짝거리게 왁스로 광도 내고. 어찌나 잘 관리해 놨는지 내가 다시 데려오면 스쿠터가 화낼 거 같던데? 하하."

"확인했습니까? 뚜껑 열고?"

"응."

"낙서도 여태 있어요?"

혹이 고개를 끄덕였다.

"역시 동네 애들이 가져간 겁니다. 낙서 지울 생각 안 한 거 보면."

"그런가?"

"그런데…… 뭐라고 써 놨습니까, 그 낙서."

혹이 한 번 피식 웃고 나서 쑥스러운 듯 중얼거렸다.

"세상은 나를 열받게 한다."

못 알아들은 척하고 다시 물었다.

"예? 뭐라고요?"

그러자 훅이 창에 비친 나를 건너다보았다. 막상 그 쩔쩔매는 눈빛을 보니 그만 놀려야겠다 싶었다.

"아, 세상이 열받게 한다고 써 났단 말입니까?"

훅이 천진한 아이처럼 고개를 끄덕거리더니 혼잣말하듯 중얼거렸다.

"그런데 말이야…… 내가 잃어버린 스쿠터 다시 가져오면 그거 도둑질인가 아닌가, 그걸 모르겠어서……."

"그래서 못 찾아왔단 말입니까?"

내가 어이없어하자 훅이 라면 국물을 마저 후후 들이켜고 은박 뚜껑을 안으로 구겨 넣었다. 그러다가 갑자기 킥킥 웃기 시작했다. 훅이 얼마나 웃기게 웃는지 나도 따라 웃었다. 그런 나를 보고 훅이 더 웃어 댔다. 서로 웃는 모습을 보면서 낄낄거리다가 눈물을 찔끔하기까지 했다.

하루 중 가장 밀도가 센 시간이 흐르고 있었다. 자정도 훌쩍 넘고, 새벽 2시를 향해 가는 시간이었다. 훅이 불쑥 입을 열었다.

"이제 이 동네도 며칠 있으면 안녕이네."

"원룸 옮깁니까?"

그런데 훅한테 생각지도 않은 답이 나왔다.

"원양 어선 타려고."

"선원이 된단 말입니까?"

"아는 사람이 항해사라 내가 부탁 좀 했어. 당장은 배 안에서 이런저런 허드렛일을 하는 자린데…… 남중국해를 지나…… 한 육 개월 후에 돌아오는 일정이라더군."

"돌아온 후에는 뭐 할 겁니까?"

"항해사가 될 생각이야."

"항해사요?"

"먼바다를 항해하고 싶어. 이 행성에서 가장 높은 바다, 적도 위를 항해하는 거야. 지구의 가장 불룩한 부분. 거긴 시간이 좀 천천히 흐를지도 모르지. 시간이란 게 과거나 미래로 갈 수는 없어도, 늘어나거나 줄어들 수는 있다잖아. 불룩한 적도 위에서는 시간도 천천히 흐르지 않을까. 적도 근처에서 마음에 드는 항구라도 찾으면 거기 눌러앉을 생각이야."

"왜 하필……."

"천천히 늙으려고. 하하하."

훅은 농담처럼 이야기했지만 나는 어쩐지 목소리가 높아졌다.

"늙지 않으려고 태평양 한복판에 떠 있는 생판 모르는 섬에 가서 산단 말입니까?"

훅이 창에 비친 나를 한참 건너다보았다. 그러다가 의자를 쇳소리 나게 돌려 앉으며 나를 정면으로 쏘아보았다.

"모두가 지금의 방식에서 동시에 손을 뗀다면 어떨 것 같나? 지금껏 우리가 중요하다고 생각해 온 것들이 여전히 중요할까?"

난데없는 질문에 나는 어안이 벙벙해졌다. 훅이 다시 몸을 돌려 창을 바라보면서 말을 이었다.

"원룸가에 살면서 알게 된 게 뭔 줄 아나? 사람들은 점점 비참해지고 있다는 거야. 그걸 아는지 모르는지 모두 입 다물고 있지만, 언제까지나 그렇게 살 수는 없다는 건 다 알고 있을걸?"

"뭐가 잘못돼서 이렇게 되었을까요?"

"글쎄, 의견이 없어서겠지. 우린 의견이 없어. 의견을 잃어버렸어. 그런 생각 해 봤나?"

"어떤 생각 말입니까."

"나라는 한 인간, 내가 사는 삶이 세계의 표본이라는 생각."

"세계의 표본요?"

"그래. 나를 예로 들어 볼까. 산부인과에서 태어나서, 유치원과 초등학교에 다니고, 이런저런 학원을 오가는 어린 시절을 보냈지. 그 어린 시절과 다를 바 없는 청소년 시절을 지나 성인이 됐어. 이런 나를 샘플로 추출해 관찰해 보면 전체의 삶을 가늠할 수 있는 거야. 그뿐 아니야. 십 년 후 내가 어떤 삶을 살지도 알 수 있을걸? 결국 한 인간은 한 개의 표본인 거지."

"……."

"일생 동안 우리는 많은 것을 배워. 그런데 정해진 것 외에 다른 것들은 배울 수가 없지. 배울 생각도 안 해. 아니지, 다른 걸 배우

기를 겁내. 그건 시간 낭비라고 생각하니까. 인생에 도움이 안 된다고 생각하니까."

"다른 뭘 배워야 하는 겁니까?"

"어쩌면 말이야, 알면 안 되는 것들을 배워야 하는지도 몰라."

"알면 안 되는 것들이라니요."

"다른 방식으로 사는 법."

"하지만 모두들 자기 살고 싶은 대로 산다고 생각하잖아요."

"주어진 몇 가지 중에서 선택해 살면서 그게 자유라고 생각하는 거지."

나는 오늘따라 더 진지한 훅의 목소리에 귀를 기울였다.

"나는 말이야, 다른 방식의 표본을 하나 추가해 줄 생각이야. 그러면 세계를 설명해 주는 거대한 그래프에 변수가 한 가지 생기는 거지. 나 말고도 많은 사람들이 다른 방식을 추가해 준다면 더 많은 변수들이 생기겠지. 그러면 세계를 설명하는 그래프 모양이 바뀌는 거라고."

"반항입니까?"

"저항이야. 저항만이 세계를 살리는 때가 있지."

"지금 세계는 죽었다는 겁니까?"

"죽어 가는 중이지. 이미 죽어 버린 곳도 있고. 마계 같은 곳."

"마계요?"

"그래. 마계야말로 망한 세상의 표본 아닌가."

나는 훅의 목소리에 귀를 기울이며 고개를 끄덕였다.

"이 세계가 어떤 곳인지 드러내는 표본은 이미 곳곳에 있어. 마계는 신지구와 구지구의 사이에 서서 여기가 이미 망했다는 것을 알려 주는 징표야. 우리가 제대로 보려고 하지 않을 뿐."

시간이 보란 듯이 지나가고 있었다. 어둠이 천천히 물러갈 준비를 했다.

"이봐, 그쪽은 뭐 좀 생각해 둔 거 있나?"

"뭘요?"

"그쪽 장래에 대해."

"……"

"아무 의견도 없나? 설마 언제까지 여기서 편의점만 지킬 생각은 아니겠지."

물론 그랬다. 평생 그럴 생각으로 편의점을 지키는 건 아니었다. 하지만 훅의 질문에 딱히 답할 말이 없었다.

"한 사람이 입을 다물어 버리는 건 변수 하나를 잃어버리는 거야. 행복해질 수 있는 조건 하나가 사라진다는 거지."

훅은 몇 시간 사이에 나보다 훨씬 어른이 된 것만 같았다.

"나는 찾아 나설 생각이라고! 그쪽은?"

"시간 좀 걸릴 겁니다. 생각해 내려면요."

훅이 나를 빤히 쳐다보았다.

"서두르지 않을 겁니다."

"제법인걸."

"뭐가요."

"서두르지 않겠다는 거."

"이거 왜 이럽니까?"

내가 훅을 향해 주먹을 한 번 훅, 뻗었다. 그러자 훅이 받아치면 서 의자에서 내려섰다.

훅과 나는 어깨와 엉덩이를 멋대로 씰룩거리면서 서로 주먹을 주고받았다. 아무리 봐도 훅이 주먹을 날리는 폼은 마구잡이가 아니었다. 어쩌면 정말 복싱을 배웠을지도 모르겠단 생각이 들었지만 물어보지는 않았다.

한참 장난치듯 주먹을 날리던 훅과 나는 언제 그랬느냐는 듯이 손바닥을 툭툭 털었다. 잠시 후 훅은 문을 밀고 나갔다. 딸랑거리는 종소리의 여운이 사라지고 나서도 한참 동안 나는 훅이 걸어간 길을 내다보았다.

5

편의점은 3월 말에 그만두었다.

"장사가 꽤 되는데 손에 남는 게 없으니 뭐가 어떻게 잘못된 건지, 원……."

편의점을 하는 동안 외할아버지가 늘 중얼거린 소리였다.

사실 우리 편의점은 위치도 매상도 나쁘지 않았다. 하지만 그 나쁘지 않은 상황이 실제로는 아주 나쁘다는 것이다. 그 점이 중요하다. 그래서 생각을 해 봐야 한다.

"뼈가 아프다."

편의점을 접은 다음 외할아버지는 자주 이렇게 말했다. 그렇다. 뭔가를 조금 가진 사람들은 작은 손해에도 뼈가 아픈 법이다.

＊

편의점을 넘기기 일주일 전이었다.

캣맘 아줌마가 막 다녀간 뒤에 물건 정리나 하려고 목장갑을 집어 들었다.

딸랑.

"어서 오세요."

인사부터 하고 문 쪽을 봤다. 누군지 금방 알아봤다. 검정 가방을 한쪽 어깨에서 다른 쪽 허리로 가로질러 메고, 회색 캐리어 손잡이를 난간 잡듯 붙잡고 선 사람은 엄마였다. 지난번 봤을 때와 별로 달라진 건 없었다. 염색한 머리칼은 여전했고, 검정 스키니진에 무릎까지 내려오는 낙타색 코트를 입고 머플러까지 둘둘 감고 있었다. 3월인데 차림새는 한겨울이었다. 좀 너무하다 싶을 정도였다.

"집으로 가지……."

내가 얼버무렸다. 언젠간 올 줄 알았지만 막상 이 순간이 닥치니 할 말도 없었다. 할 말이 있다 해도 바로바로 튀어나오는 성질도 아니었다.

"그냥, 너 먼저 보려고."

엄마가 머플러를 풀면서 중얼거렸다.

"뭐하러요."

말하고 나서, 목소리가 좀 퉁명스러웠던 것 같아 엄마 눈치를 살폈다. 의외로 엄마는 별로 신경 쓰지 않는 기색이었다. 편의점을 둘러보는 엄마를 향해 말했다.

"라면이라도 먹지그래요. 뜨끈한 국물 좋은데."

"그럴까."

나는 훅처럼 훅훅 움직여 컵라면 두 개를 꺼내 비닐 포장을 벗기고 온수를 부었다.

"삼각김밥 같이 먹으면 든든해요."

"그러자."

유통 기한 따위는 확인하지 않았다. 손에 잡히는 대로 집어 탁자 위에 갖다 놓고 의자를 끌어내 손바닥으로 탁탁 두드리면서 알렸다.

"여기 앉아요."

그때 내 목소리가 마음에 들었다. 좀 그럴듯했다.

여기 앉아요.

스쿠터를 타고 밤의 도로를 달릴 때면 가끔 그때 내 목소리를 흉내 낸다. 똑같은 목소리는 영 안 나온다. 하지만 한 번 했던 말은 언제든 또 할 수 있다. 여기 앉아요.

미나 이야기도 있다.

3월 초였다. 늦은 밤에 미나가 온 건 오랜만이었다.

"축하한다."

인사 대신 전했다. 미나와 함께 사는 형이 원하는 대학에 합격했다는 것을 들어서였다. 미나가 웃었다.

"왜 웃냐."

"내년에 나한테도 꼭 그 말 해 줘라."

"두말하면 입 아프지. 그런데 여기선 아닐 거다."

"왜?"

"편의점 접는다."

"그래?"

미나는 별일도 아니라는 식으로 시큰둥했다. 서운하게 생각해야 내 맘이 즐거울 텐데. 할 수 없지.

미나가 바구니를 들고 진열대 안으로 들어서기에 고개를 쑥 빼고 개방 냉장고를 살폈다. 반숙 달걀은 있었다. 하지만 미나는 달걀을 바구니에 넣어 오지 않았다. 그 대신 여자애들이 좋아하는 다이어트 샐러드에 달걀 프라이가 덮인 도시락을 골라왔다. 삑삑, 바코드를 찍는데 미나가 물었다.

"넌 학교 안 오니?"

"생각하는 중이다."

"뭘?"

"뭐, 이것저것……."

"이것저것?"

"아, 인생에 대해서랄까."

내 농담에 미나가 활짝 웃었다. 나도 같이 웃었다.

훅은 정말 항해사가 되었을까? 모르겠다. 그 후로 아직 훅 소식을 듣지 못했다. 떠난다고 했으니 지금은 떠나고 없을 것이다. 어쩌면 훗날 먼 도시에서 엽서 한 장이 날아올지도 모른다. 그리고 언젠가 우리가 다시 만난다면 서로를 알아볼 것이다. 우리가 함께한 지난겨울이 있으니까.

신기한 일도 있었다. 훅의 스쿠터를 봤다. 사거리 우체국 앞을 지나는데 아무 까닭도 없이 한 스쿠터가 눈에 들어왔다. 망설이고 자시고 할 것도 없이 다가서서 의자 뚜껑부터 열어 봤다. 역시나 훅의 스쿠터가 맞았다.

탁, 뚜껑을 닫고 툭툭 두드려 준 다음 그냥 왔다.

캣맘 아줌마를 보려면 밤에 스쿠터를 타고 동네를 돌면 된다. 운이 좋으면 어느 골목에선가 캣맘 아줌마를 만날 수 있다.

고양이들은 캣맘 아줌마가 아무리 사료를 챙겨 줘도 쉽게 죽는다. 그래도 아줌마는 그 일을 쉬지 않는다. 그런 하나 마나 한 일에 뭐하러 정성을 쏟느냐고 물은 적이 있다. 그때 아줌마가 이런 말을 했다. 여러 훌륭한 사람들이 말했다시피 같은 행성에 함께 사는 다른 생명을 어떻게 대하느냐는 인간에게 아주 중요한 문제라고. 다른 생명을 대하는 태도가 결국 인간을 대하는 태도이기도 하니까. 우리가 살 수 있는 행성은 아직 하나뿐이다. 이 안에서 모두 어떻게든 행복하게 살아야 한다. 우리가 살 수 있는 행성이 두 개라 해도 마찬가지다.

아줌마의 말을 전부 이해할 수는 없었지만, 그 이야기는 아직 내 마음에 남아 있다.

6

자정이 되자 현관문을 열고 나왔다. 어두운 마당 구석에서 나를 기다리던 스쿠터가 자세를 바로잡는 것만 같다. 등을 한 번 쓸어주고 대문 밖으로 끌고 나왔다. 올라앉아 숨을 고르고 시동을 걸었다.

부앙—

예전, 어느 여름밤이었다. 그날도 수지를 스쿠터 뒤에 태우고 나섰다. 익숙한 곳을 벗어나 먼 곳까지 갔었다. 거긴 한강을 건너는 다리들 중 하나였다. 다리 난간 곁에 스쿠터를 세워 두고 수지와 둘이 강을 내려다보았다. 강물과 대기의 경계가 뒤섞이는 어둠 속을 한참 바라보다가 수지가 이렇게 물었다.

"지구에서 명왕성까지 가는 데 얼마나 걸리는지 알아?"

"내가 그걸 알겠냐."

"명왕성과 지구 거리가 가장 가까울 때 십 년, 멀어져 있을 때 육십 년. 그것도 보이저 같은 우주선 속도로 가야 그 정도야. 비행기로 가려면 가까워졌을 때 오백오십 년, 멀어졌을 때 삼천삼백 년 정도 걸려."

"그건 인간이 갈 수 있는 거리가 아니다."

"한 인간이 가려면 그렇지."

"그건 무슨 말이냐."

"한 사람이 아니라, 종족의 시간으로 가야지."

"내가 출발하면 내 아들의, 아들의, 아들의…… 그 아들이 도착한다는 말이냐."

"그래."

"다른 방법은 없냐?"

"좀 다르게 갈 수도 있어."

"다르게?"

"우주 공간을 접으면 돼. 공간을 종이처럼 반으로 접어서 지구와 명왕성이 가까이 마주 보이도록. 그러면 달보다 더 가까워질 수 있어. 어쩌면 지구와 명왕성 사이에 다리를 놓을 수도 있고. 해저 터널 같은 우주 터널을 놓을 수도 있고."

"그건 무리 같다."

"지금은 그렇지."

"우리 살아 있는 동안은 안 될 거다. 종족의 시간이라면 모를까."

무심한 척 내뱉은 내 유머에 수지는 푹, 웃었다. 나는 웃는 수지를 보면서 그런 유머를 날린 나를 대견해했다. 웃음을 거둔 수지가 한마디 했다.

"또 다른 방법도 있어. 누구나 할 수 있는."

"그렇게 쉬운 방법이 있었냐?"

"아주 먼 옛날부터 사람들이 써 오던 방법이야."

"흠."

"마음으로. 마음으로 가면 돼."

나는 수지가 농담하는 줄 알았다. 내가 유머를 했으니 저도 농담 한마디를 하는 줄 알았다. 그런데 수지 표정은 농담하고는 거리가 멀어 보였다. 수지 표정이라면 내가 좀 아는데, 그땐 아주 '세게' 진지했다.

먼 강물을 쫓아가는 수지 눈을 흘깃 보면서 내가 물었다.

"명왕성인가 하는 별에 가 보고 싶냐."

"아니."

"그럼 명왕성 이야기는 뭐냐."

수지는 더 이상 답하지 않았다.

나는 다리 밑을 흘러가는 여름 강물을 내려다보았다. 침이나 한 번 뱉어 볼까 하다가 그만뒀다. 명왕성이라니. '수금지화목토천해명'에 들었지만, 이젠 태양계 행성 지위도 박탈당한 명왕성이라니. 하필 저 멀고 먼 행성, 자기 멋대로 멀어졌다 가까워졌다 오락가락하는 행성이라니. 그런 건 그저 다른 세계의 일인 거지. 혼자 속으로 생각하는데 수지가 입을 열었다.

"전에 우리 아버지가 별들이 움직이는 소리를 들을 수 있다고 했어."

"그런 소리를 어떻게 듣냐."

"넓은 벌판에 서서 가만히 귀 기울이고 있으면 우주에서 별들이 움직이는 소리를 들을 수 있대."

"그 소리가 어떻다는데."

"우우우웅웅 ── 슈 가가가가 ──."

"시시하네."

"나도 들어 본 적 있어."

"뭐?"

"지하 굴에 누워서 눈을 감고 고요히 집중하면 들려. 우주 공간 안에 있는 것들은 움직이니까. 너무 방대해서 우리가 감지할 수 없을 뿐이지. 만일 우리가 별들이 움직이는 소리를 들을 수 있다면 너무 엄청나서 고막이 다 터져 버릴지도 몰라."

"혹시 이명 있냐?"

"이명이라니?"

"우리 외할머니가 귀가 운다고 하던데, 그건가 싶어서."

"어쩌면 너네 외할머니가 듣는 소리도 그건지 몰라. 귀가 고장 나서 남들은 못 듣는 소리를 듣는 걸 수도 있어. 어쩌면…… 그게 행성들끼리 신호하는 소리일 거야. 고래들의 주파수 같은 거."

"명왕성이 뭐라고 하던데."

"나는 지금 혜성을 따라 저 멀리 가는 중이다. 다시 오려면 시간 좀 걸릴 거다. 오버. 고교교교교—."

"킥."

"풋."

우리는 강물을 내려다보며 싱겁게 웃었다.

"그만 가자."

"그러자."

수지를 뒤에 태우고 다리를 건너 강변을 따라 국도를 달렸다.

수지가 가고 싶은 곳이 명왕성이 아니라는 것을 그때도 알고 있었다. 그건 수지가 가고 싶은 곳이 아니라, 하고 싶은 말이라는 것도 알고 있었다. 수지가 정말로 하고 싶은 말이 뭔지 어렴풋이 알고 있었다. 알면서도 모르는 체 농담이나 주고받으려고 애썼던 게 바로 나다.

부앙—

수지를 태우고 새벽까지 여기저기 쏘다니다 돌아오는 날이면 어느 먼 행성으로 건너갔다가 돌아오는 기분이었다. 이상한 건 그렇게 어이없는 순간에 살아 있다는 기분을 느낀다는 거다. 뭔지 모르게 치밀어 오르던 감정이 순해지는 것이다. 살아가는 데 아무 쓸모도 없는 먼 행성 이야기나 주고받으면서 밤바람을 쏘이며 달리는 그런 순간에 말이다.

삼호 연립 마당에 도착하면 수지는 뒤도 돌아보지 않고 현관을 향해 뛰었다. 수지 뒷모습을 보면서 다급해지는 쪽은 늘 나였다. 그럴 때마다 나는 이렇게 외쳤다.

"내일 보자!"

그러면 수지는 걸음을 주춤했었다.

수지를 마지막으로 봤던 그날도 나는 그렇게 외쳤다. 내일 보자. 수지가 내 말을 여태 기억이나 하고 있을까.

스쿠터를 세웠다. 어둠 속에 서서 밤하늘을 올려다보았다. 지금쯤이면 수지는 어디 먼 행성에 가 있을지도 모른다. 내가 여기서 밤하늘을 올려다볼 줄은 생각조차 하지 않을지도 모르고. 수지가 다시 이곳 가까이 온다 해도 내게는 닿지 않을지 모른다.

그래도 나는 또 외칠 것이다. 수지가 내 목소리를 듣고 걸음을 주춤했듯이 뒤를 돌아볼 때까지.

그때가 오면 수지에게 이야기를 들려줄 생각이다. 지독히 추웠던 지난겨울 편의점에서 만난 사람들 이야기. 사람들이 살아가는 따듯한 이야기를 해 줄 것이다.

저 멀리서 별 하나가 방향을 트는 소리가 들리는 것 같다.

이번 이야기는 재작년에 쓴 단편 「수지」(『안드로메다 소녀』, 북멘토 2014)에서 출발했다. 또 하나의 단편 「이유야 없겠지」(『창비어린이』 2014년 겨울호), 그리고 장편소설 『못된 정신의 확산』(북멘토 2015)도 이 소설의 뼈대가 되었다고 할 수 있다.

나는 소설 속의 '구지구'와 '신지구'의 경계쯤 되는 곳에서 십칠 년을 살았다. 그곳에서 오랫동안 공부방을 하면서 여러 사람들을 만났다. 나는 몇 번이나 그곳 사람들의 이야기를 쓰려고 했지만 써지지 않았다. 쓰려고 하면 할수록 이야기는 흩어졌다.
이야기가 시작된 건, 내가 한 인물의 마음을 고스란히 받아들여

그와 나의 경계가 사라진 후였다.

그러나 이 소설 속의 소년은 내가 만나 본 적이 없는 인물이다. 이야기를 시작하기 전에는 실제 한 사람을 염두에 두고 있었지만, 막상 이야기가 시작되자 완전히 낯선 인물이 나를 찾아왔다.

그 낯선 인물은 어떤 감정을 품고 있었다. 이제 막 열여덟 살이 된 소년이 품고 있는 감정은 두려움이었다. 두려움은 새로운 지역이 개발되고 오래된 마을이 변해 가는 과정을 바라보는 사람들이 공유하는 감정이라고 나는 생각했다.

나는 그 사람들의 두려움을 이야기하려 했다. 하지만 내 인물은 나의 의도를 넘어 자신의 목소리를 내기 시작했다. 그리고 두려움 속에 감춰져 있던 힘을 발견해 낸 것 같다. 그 힘의 이름을 나는 인생이라고 말하고 싶다.

내가 아는 감사한 일들과 내가 모르는 감사한 일들이 쌓여 지금의 내가 있다. 창비의 여러 분들에게 깊이 감사드린다.

2016년 10월

박영란

창비청소년문학 75

편의점 가는 기분

초판 1쇄 발행 • 2016년 10월 7일
초판 18쇄 발행 • 2023년 6월 29일

지은이 • 박영란
펴낸이 • 강일우
책임편집 • 김영선
조판 • 황숙화
펴낸곳 • (주)창비
등록 • 1986년 8월 5일 제85호
주소 • 10881 경기도 파주시 회동길 184
전화 • 031-955-3333
팩시밀리 • 영업 031-955-3399 편집 031-955-3400
홈페이지 • www.changbi.com
전자우편 • ya@changbi.com

ⓒ 박영란 2016
ISBN 978-89-364-5675-7 43810